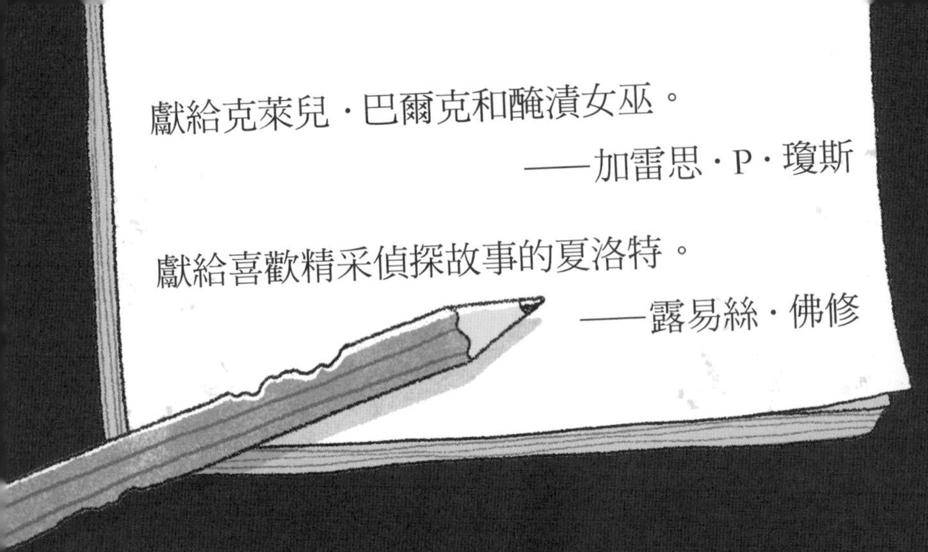
獻給克萊兒．巴爾克和醃漬女巫。
——加雷思．P．瓊斯
獻給喜歡精采偵探故事的夏洛特。
——露易絲．佛修

動小說

雪怪偵探社❸：消失的魔法

文：加雷思．P．瓊斯｜圖：露易絲．佛修｜譯：林劭貞

總編輯：鄭如瑤｜主編：陳玉娥｜編輯：張雅惠｜特約編輯：劉蕙
美術編輯：黃淑雅｜行銷副理：塗幸儀｜行銷企畫：許博雅、林怡伶

出版：小熊出版／遠足文化事業股份有限公司
發行：遠足文化事業股份有限公司（讀書共和國出版集團）
地址：231新北市新店區民權路108-3號6樓｜電話：02-22181417｜傳真：02-86672166
劃撥帳號：19504465｜戶名：遠足文化事業股份有限公司
Facebook：小熊出版｜E-mail：littlebear@bookrep.com.tw

讀書共和國出版集團網路書店：www.bookrep.com.tw
客服專線：0800-221029｜客服信箱：service@bookrep.com.tw
團體訂購請洽業務部：02-22181417 分機1124

法律顧問：華洋法律事務所／蘇文生律師｜印製：天浚有限公司
初版一刷：2024年3月｜定價：350元｜書號：0BIR0085
ISBN：978-626-7429-18-1（紙本書）、978-626-7429-16-7（EPUB）、978-626-7429-17-4（PDF）

國家圖書館出版品預行編目 (CIP) 資料

雪怪偵探社 . 3, 消失的魔法 / 加雷思 .P. 瓊斯文 ; 林劭貞譯 . -- 初版 . -- 新北市 : 小熊出版 , 遠足文化事業股份有限公司 , 2024.03 ; 232 面 ; 14.8x21 公分 . -- (動小說)

譯自 : Solve your own mystery. 3, the missing magic

ISBN 978-626-7429-18-1（平裝）

873.596　　113001038

小熊出版官方網頁　小熊出版讀者回函

雪怪偵探社 3

消失的魔法

宛如RPG實境遊戲的互動式推理小說

文／加雷思・P・瓊斯
圖／露易絲・佛修
譯／林劭貞

目次

誠徵
私家偵探助理
工作性質：工時長，工資低，工作操
工作地點：避風鎮暗影區
奈傑爾
精靈魔法家電行
會說話的烤吐司機、
會走路的足浴機……
豐富品項歡迎選購！
我們的產品將讓您的生活更便利，
家電能源皆為純淨且可更新的魔法。

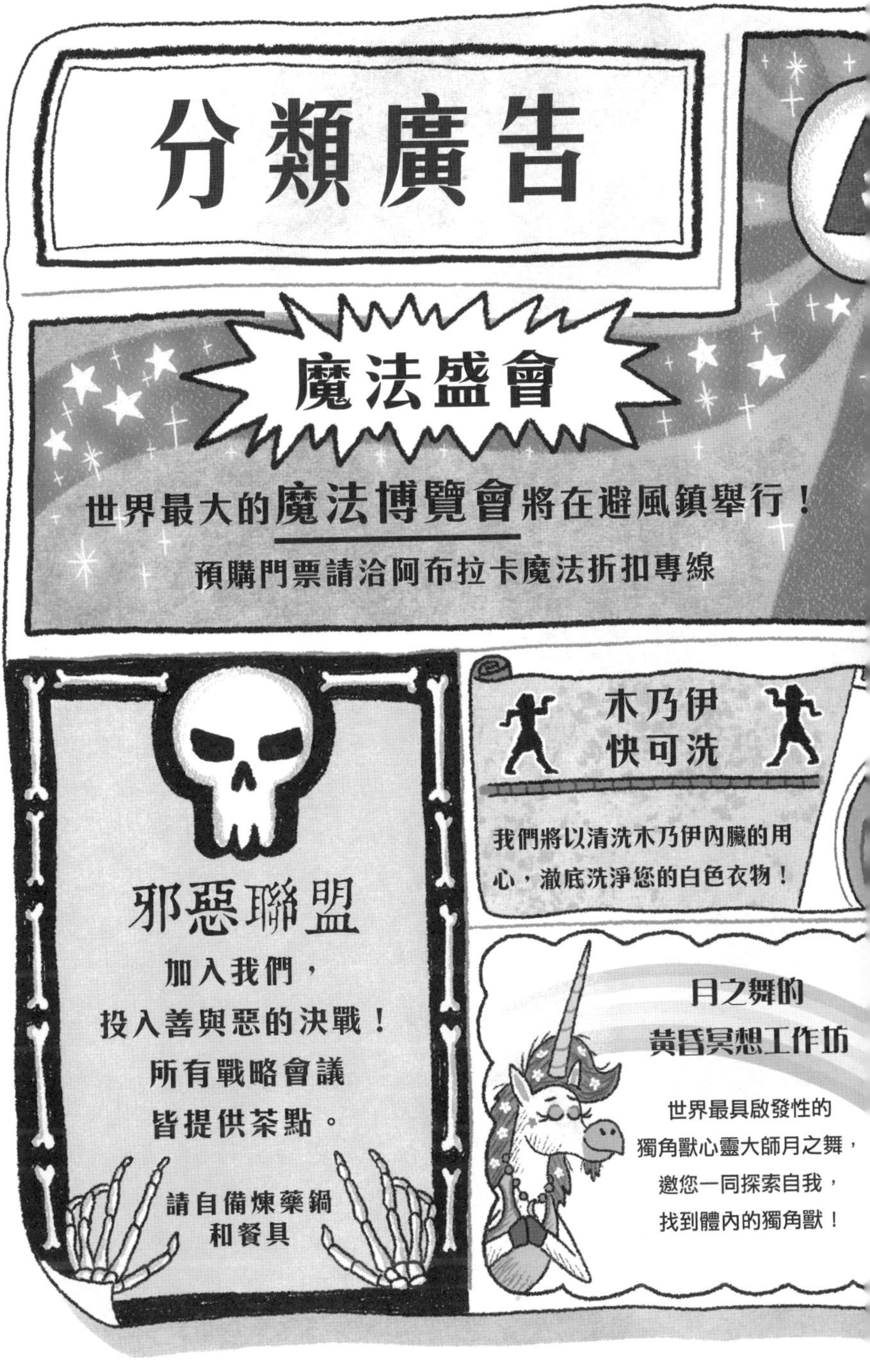
分類廣告
魔法盛會
世界最大的魔法博覽會將在避風鎮舉行！
預購門票請洽阿布拉卡魔法折扣專線
邪惡聯盟
加入我們，
投入善與惡的決戰！
所有戰略會議
皆提供茶點。
請自備煉藥鍋
和餐具
木乃伊
快可洗
我們將以清洗木乃伊內臟的用心，澈底洗淨您的白色衣物！
月之舞的
黃昏冥想工作坊
世界最具啟發性的
獨角獸心靈大師月之舞，
邀您一同探索自我，
找到體內的獨角獸！

私家偵探
艾德文的雜物
《工作筆記》
1. 清理老闆打翻的熱巧克力。
2. 幫老闆搶「魔法博覽會」的限量門票。
3. 抽空研究邪惡聯盟的背景。

尋物啟事
世界最棒
精靈
助理
魔法博覽會

失去魔法的避風鎮

你輕輕推開辦公室的門，盡可能安靜的走進去，希望不會引起老闆的注意，畢竟你遲到太久了。然而你一個失手，門砰的一聲關上。

克勞斯．索斯塔向後仰躺在椅子上，把毛茸茸的大腳蹺在桌面，周圍有三支電風扇對著他狂吹，讓辦公室比外頭還冷。克勞斯總是不經意的用各種方式提醒你，雪怪有多麼酷愛低溫的環境。

他越過手上的報紙盯著你，低聲問道：「現在幾點了？」

其實你很早就出門了，只是今天上班的路途格外不平靜。你向老闆仔細說明事情的經過——首先，你被卡在平交道前，等候一輛加長版的幽靈列車用龜速駛過。接著，市議會附近疑似發生瓦斯外洩，異象警隊動員大批人馬緊急封閉周圍道路，

異常生物
日報

讓施工單位進行搶修，害你不得不繞路。最後，你在一個市場攤位前遇上一群女巫和巫師，排隊搶購新鮮的蠑螈眼珠和蜥蜴舌頭，這列瘋狂的隊伍是壓垮駱駝的最後一根稻草。

魔法博覽會即將開幕！

本屆魔法博覽會由避風鎮主辦，歡迎來自世界各地的女巫和巫師大駕光臨，一同參與一年一度的盛會！

欲知詳請，請參閱大會免費發送的精美活動手冊。

克勞斯聽完後說：「辛苦你了，你會碰到這些事情，都是因為它。」

他揚了揚手中的報紙，原來是今天早上發行的《異常生物日報》。

你剛開始在避風鎮暗影區擔任雪怪的助手時，經常確認當天是不是愚人節。現在，你早已習慣這個奇妙又有趣的異世界。你望向窗外，看見一個水精靈提著水桶飄在半空中，正在用海綿清洗窗戶。這一切已經變成你的日常。

克勞斯讀出報紙上的介紹，「這是近一百年來，避風鎮首次舉辦魔法博覽會！到時魔法界人士都將齊聚於此，參加避風鎮展覽中心舉行的論壇、工作坊和研討會。」

克勞斯噗哧一聲笑了出來，抬頭對你說：「展覽中心位於鎮上人類居住的那一區，到時候你們這些人類一定會以為，參加會議的巫師們是一群弄錯萬聖節時間的變裝怪人。」

你總是很好奇，避風鎮上大部分的人類為何完全沒注意到暗影區這些非比尋常的居民？你是因為在這裡工作了好一段時間，才對各種怪物、幽靈和謎樣生物逐漸習以為常。

克勞斯把注意力拉回報紙，繼續念道：「整場博覽會最隆重的活動，是今天晚上十點在暗影體育館舉行的開幕典禮，夜間市長弗蘭肯芬將會親自出席。」

你瞄了一眼掛在牆上的時鐘，現在是中午十二點，距離開幕典禮還有十個小時。

「異象警隊已進入高度戒備狀態，因為不僅有善良的女巫和巫師會造訪這個小鎮，宣誓效忠『

邪惡女巫伊妮德』的『邪惡聯盟』也會出席，他們從不掩飾想要……」

這時，一陣巨響打斷了克勞斯，他周圍的三個電風扇瞬間停止轉動。

克勞斯看著電風扇，一臉困惑的說：「奇怪，它們是在『奈傑爾精靈魔法家電行』買的，全都採用魔法能源運轉，應該不受普通停電影響才對。」

「抱歉打擾你們……能不能請兩位拉我一把呢？」一個微弱的聲音幽幽傳出。

你花了一點時間才意識到，那個聲音來自屋外。克勞斯趕緊打開窗戶，發現洗窗戶的水精靈掛在窗臺邊，雙腳不停晃呀晃。

在克勞斯的幫忙下，水精靈總算順利滾進屋內，滿身都是剛才打翻的肥皂水。你把頭探出窗外，看到他的水桶和海綿都掉在人行道上。

「你還好嗎？發生什麼事了？」克勞斯同情的問他。

「我的翅膀突然沒辦法動，一定是因為這批魔法粉的品質不好。」水精靈苦著臉努力拍動翅膀，但仍然飛不起來。

不是只有他突然失去飛行能力，馬路上還躺著許多痛苦哀號的女巫，有的甚至抓著掃帚掛在電線上，兩條穿著條紋長襪的腿在空中瘋狂亂踢。一輛卡車為了閃避這些女巫而撞進路旁的書店，書店主人對著被撞破的落地窗揮動魔杖，大喊：「傘菌和蜥蜴，雲朵和青草！嘿呵嘿呵，玻璃速復原！」

什麼事都沒有發生。

「事情不太對勁，我們出去看看吧！」克勞斯拿起他的帽子和大衣，示意你該出動了。

你們走出辦公室，來到街上。一個小哥布林不小心踩中水精靈灑落的肥皂水，一路沿街滑行，其他生物紛紛匆忙閃避。

掛在半空的女巫雙手一軟，鬆開了電線，掉在一輛經過的露營車上。她的長袍恰好遮住擋風玻璃，害車子直直撞上路邊的燈柱，引擎冒出陣陣濃煙。女巫姐妹火娜拉．米可鳥和布莉姬．米可鳥一邊咳嗽，一邊氣急敗壞的爬出車外。

一名巫師尖叫著跑過你們面前，「完蛋了！我的魔法不靈了！」

「雖然他宣稱自己的那些把戲是魔法，但它們從來沒有實際發揮作用過。」火娜拉不屑的說。

「現在到底是怎麼回事？」克勞斯問。

「你看不出來嗎？魔法消失了！」火娜拉沒好氣的回答。

「真的嗎？」布莉姬仍舊半信半疑，她朝你揮動魔杖並大喊：「阿薩卡邦，阿薩卡砰，人類快變小毛蟲！」

你驚恐的抱著頭，瞇起雙眼往下瞧，擔心會看到自己長出六隻腳。幸好你的四肢都完好無缺，皮膚也維持粉嫩的膚色。你沒有被布莉姬變成小毛蟲，你還是原來的模樣。

「噢不！魔法真的消失了！」布莉姬抓著亂糟糟的頭髮哀號：「我們要怎麼製作毒……」

火娜拉用力推了妹妹一把，「獨家風味的馬鈴薯，沒錯！我們本來要為博覽會提供外燴服務，大家都很喜歡我們的馬鈴薯料理。」

這時，一個頭上卡著枯枝的女巫冷不防從背後撞上你。

「噢不！魔法消失了！我們該怎麼辦？」

避風鎮彷彿陷入世界末日。從天上掉下來的女巫努力爬起來，嘗試再次飛行。她們拚命的往上跳，結果一頭栽進排水溝。落地窗被撞碎的那位巫師發瘋似的重複吼著同一句咒語，碎玻璃仍毫無動靜。沒有魔法，大家完全喪失應對能力，

對任何事都束手無策。

就在恐慌持續蔓延時，一輛黑色廂型車緩緩駛過，車頂的擴音器傳來夜間市長弗蘭肯芬的聲音。

「各位居民請保持冷靜，魔法路由器暫時故障，導致魔法失靈。請放心，市政府已派出最優秀的技術人員進行搶修，魔法很快就會恢復運作！」

那輛車停下來，以免輾過那群摔得七葷八素的女巫。你看到夜間市長弗蘭肯芬坐在副駕駛座，拿著麥克風對大家說明災情。

「典型的政客！只會粉飾太平，不敢說出真相。」火娜拉顯然對夜間市長非常不滿。

「魔法路由器不可能會故障。造成這起災難的原因只有一個，就是魔法被偷了！」

「魔法也會被偷？」克勞斯是第一次聽說，不禁好奇的問。

布莉姬氣惱的說：「這都要怪『丁布比大師』太軟弱了，身為魔法界的領袖，守護鎮上的魔法是他的責任。如果換做是伊妮德當權，我敢說絕對沒有人敢動這個歪腦筋！」

「哈！你還真是邪惡女巫的瘋狂迷妹呢！」火娜拉挖苦道。

「才不是！」布莉姬心虛的還嘴。

火娜拉傾身向前，在你耳邊悄悄的說：「她在臥室裡貼了一張伊妮德的海報，有時候還會對著它說話！」

「你在我背後偷說什麼？」布莉姬怒道：「一旦伊妮德在善與惡的終極戰役獲得勝利，你就得把剛才說的壞話吞回去了！」

「哈！偉大的終極戰役！」火娜拉誇張的大笑，「邪惡聯盟只會空口說白話，否則怎麼會在每屆魔法博覽會投票表決是否統治世界時，總有超過半數的會員投下反對票？這不就證明他們只敢躲在安全的黑暗處自欺欺人嗎？」

「這次不一樣！」布莉姬胸有成竹的說。

「為什麼？」火娜拉問。

「不甘你的事！伊妮德即將親臨會場，我興奮到胸口快要爆炸了！你們看！」布莉姬拿出一本巨大的《邪惡聯盟》雜誌，封面人物是一名黑髮女巫，她的長髮遮住了半邊臉。下方的標題寫著：「巫后再臨！」

那張封面令你背脊發涼。

「邪惡女巫伊妮德……」克勞斯沉吟一會兒後，問：「就是那位製造吸血鼠疫的女巫嗎？」

布莉姬熱切的猛點頭，「沒錯！吸血鼠是伊妮德的偉大傑作之一！」

「她渴望統治世界，藉由製造混亂和拉攏邪惡勢力來取得權力。」克勞斯說：「看來，本次的魔法消失案似乎不必調查，就可以結案了。」

火娜拉倒是有不同的想法，「我不這麼認為。要知道，不論是邪惡或善良的女巫和巫師，都需要魔法。」

話音剛落，你聽到弗蘭肯芬仍在重複進行宣導。

「……請保持冷靜，魔法路

由器暫時故障，導致魔法失靈……」

「這傢伙滿口謊言，說出來的話根本不能信。」火娜拉毫不掩飾自己對弗蘭肯芬的厭惡。

你和弗蘭肯芬交手過幾次。他尚未成為政客之前，就已經非常狡猾了，現在他握有避風鎮的最高權力，沒人知道他會做出什麼事。

克勞斯轉向你，說：「你應該把這些資訊記錄下來。」

其實你早已翻開筆記本了，你知道這次即使沒有受到委託，避風鎮仍需要你們的協助。你在本子最上方寫下「消失的魔法」，並將伊妮德和弗蘭肯芬的名字列上去，雖然你不確定他們究竟是不是嫌疑犯。

「請問要如何拜見那位尊貴的邪惡巫后？」克勞斯戲謔的問布莉姬。

「我只能說，祝你好運。」布莉姬給了他一個大白眼，「伊妮德可以化身為任何生物。今天早上在邪惡咖啡早餐會報時，她變成一隻巨大的蜘蛛，而且很快就爬走了，誰知道她現在會以什麼模樣現身？」

「的確，如果她能夠隨意變身，我們很不容易追蹤她。」克勞斯難得同意女巫的說法。

你繼續做筆記。把一個自稱為邪惡女巫、致力於統治世界的生物列為主要嫌疑犯，當然是很合理的事，不過克勞斯也時常提醒你，最顯而易見的事情很少會是正確答案。當你思索案件的各種可能性時，一個戴著廚師帽的灰色大頭從露營車裡冒了出來，原來是米可鳥姐妹的怪物助手包特茲。

「火爐點不著。」他苦著臉說。

火娜拉用所剩不多的耐心回答：「火爐當然沒辦法用，因為這裡幾乎所有的東西都得靠魔法來啟動！我早就說過應該適時改用普通電器，不能完全依賴奈傑爾的魔法產品。」

克勞斯對你說：「也許我們應該和『奈傑爾．瑞瑪洛』談談，畢竟魔法能源是他的專業。」

你點點頭，在筆記本寫下「奈傑爾．瑞瑪洛」和「精靈魔法家電行」。

「犯罪現場會是哪裡呢？」克勞斯問。

「應該是魔法界總部，魔法路由器在那裡。」火娜拉說。

布莉姬馬上扁著嘴，大聲抗議：「我才不要去那裡！現在沒有魔法，還有什麼可以阻止……」

「噓！」火娜拉連忙打斷妹妹的話。
「怎麼了？」克勞斯問。
「沒事。」兩名女巫異口同聲的回答。
「我應該緊盯著你們兩個嗎？」克勞斯疑心大起，瞪著女巫說：「我覺得你們似乎有事情瞞著我們。」
你也這麼認為。
「隨便你，我們哪裡也不會去。」布莉姬指著冒煙的露營車說：「至少在汽車維修人員抵達之前。」這時，車子突然劇烈晃動了幾下。
「蘇珊痛恨去汽車維修廠報到，因為他們總是從她的底盤刮出一堆鐵鏽。」火娜拉補充道。
「這也怨不得別人，誰叫她要把自己變成一輛露營車。」布莉姬說。
克勞斯皺著眉附和：「甚至把我的狗變成一輛汽車。說到這裡，華生呢？」
他大聲吹起口哨，隨著一陣引擎發動聲，華生迅速出現在轉角。牠經過蘇珊身邊時，不忘翹起後輪，在她的側邊撒了一灘油。你坐進副駕駛座，克勞斯則握住方向盤，等待弗蘭肯芬的車子駛出你們的視線範圍。

「……請放心，市政府已派出最優秀的技術人員進行搶修，魔法很快就會恢復運作！」弗蘭肯芬持續透過擴音器，在每條街道大聲宣導。

「我們該從哪裡開始調查呢？」克勞斯問道：「你想先去看看魔法路由器嗎？」

？你想先去察看魔法路由器嗎？
前往第47頁

確認目標

？或者你想去和弗蘭肯芬談談？
前往第35頁

市長得來速

女巫的親信

佛利高塔是避風鎮最古老的建築物之一，它是一座圓柱形的石砌塔樓，當陽光灑落，它長長的影子會籠罩整個暗影區。在你為克勞斯工作以前，你以為那座高塔是一棟廢墟，其實塔裡有多間專為上流人士開放的出租套房，只是圍籬外面以各種警告標誌做偽裝。

克勞斯推開一排鐵絲圍籬，打開通往塔頂的門。你們走進去時，每一個腳步聲都在樓梯間內大聲迴盪，彷彿槍聲般震耳欲聾。高塔正中央是一座沒有扶手的螺旋梯，爬上去固然辛苦，從上面往下走卻更危險。

「由於缺乏魔法保護，普通人類在這裡很容易跌倒或爬到斷氣，因此根本不可能冒險爬到塔頂。」克勞斯為你解釋佛利高塔的優良防禦效果。

儘管你怕得幾乎腿軟，仍鼓起勇氣跟著老闆慢慢往上爬。這座螺旋梯令你暈頭轉向，似乎永遠看不到盡頭。不知道過了多久，你們終於來到頂樓的一扇門前。

克勞斯敲了敲代表邪惡的六六六號房門。

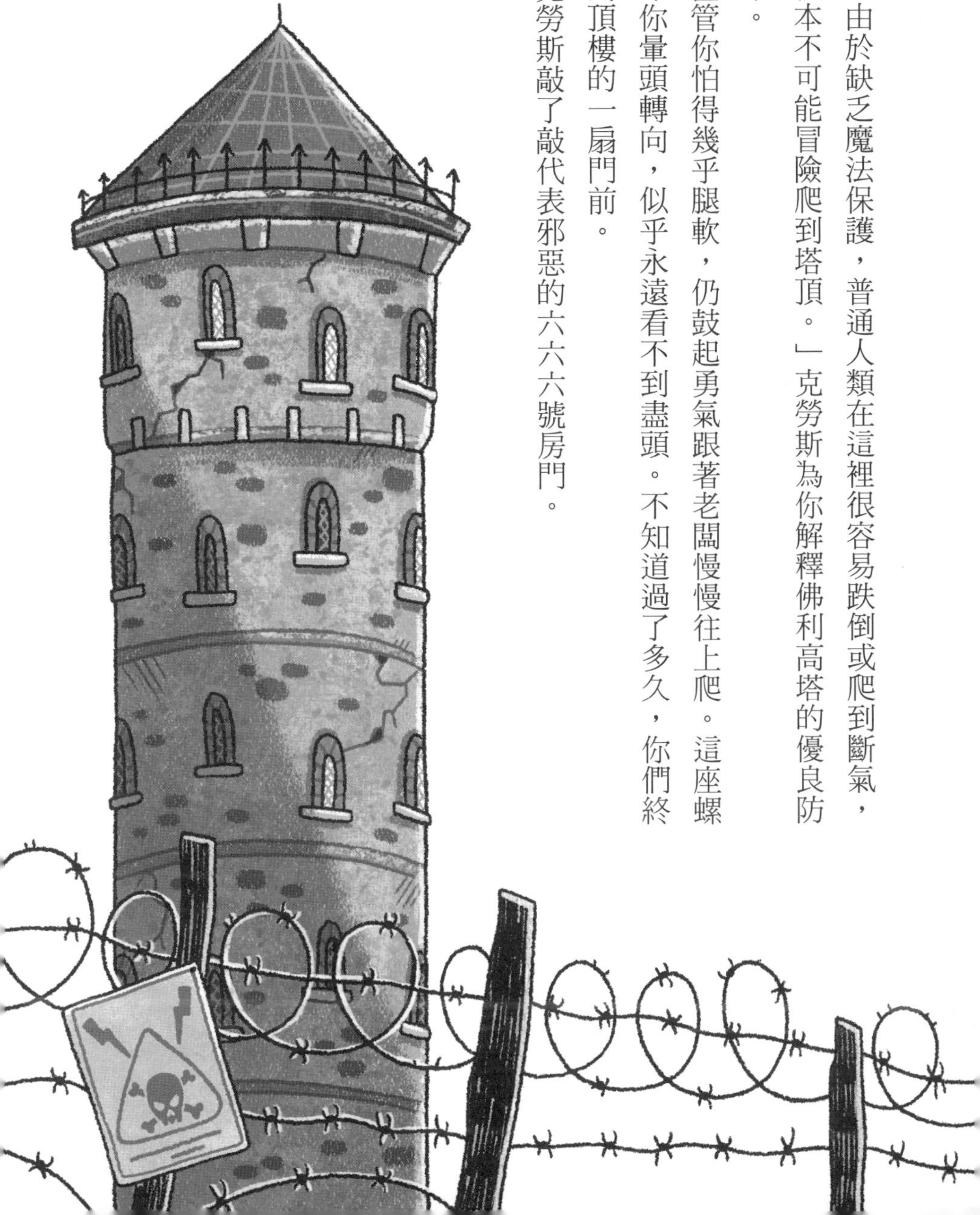

「請稍等。」一個聲音從門後傳來。

門被輕輕打開一條縫，一隻穿著西裝背心、帶著禮帽的猴子走了出來，牠手裡拄著一根頂端鑲有銀飾的黑色枴杖。

「我們不需要客房服務，謝謝。」牠看了你們一眼，準備關門進房。

克勞斯趕緊伸出一隻毛茸茸的大腳卡在門縫，猴子低頭看著克勞斯的腳，輕輕嘖了一聲。

「能請你挪開腳嗎？我們很忙。」

「我們？」克勞斯問：「我們指的是誰？請問您怎麼稱呼？」

「我是『查爾斯‧伊凡斯』先生，

是邪惡女巫伊妮德的忠實信徒，也是她仰賴的親信。你是哪位？」那隻猴子高傲的回答。

「克勞斯．索斯塔，私家偵探，這位是我的助手。」他拍拍你的背。

猴子轉向你，上下打量了一番，彷彿剛才完全沒有注意到你的存在，牠的眼神令你不安。你在雪怪偵探社工作以來見過不少奇怪的事物，眼前這隻外表與人類相似的猴子卻讓你感到格外詭異。

「我們也不需要任何調查，謝謝。」查爾斯．伊凡斯試著關上房門，結果再次失敗。

「抱歉，我有幾個問題想請教你的主人。」克勞斯的大腳仍卡在門縫裡。

「我不會稱呼伊妮德為『主人』。雖然我侍奉她，聽從她的命令做盡各種邪惡的勾當，但我仍屬於我自己，不是她的人。」

「或者應該說，你不是她的猴子？」克勞斯幽默的說。

伊凡斯低頭看了看身體，像是突然想起自己是一隻猴子般大笑出聲，「沒錯！我有時候會忘記現在的樣子。」

「你並非一直都是一隻猴子，對吧？」克勞斯敏銳的推測。

「這是一段有趣的故事。」伊凡斯攤了攤手說：「在我獲得被變成猴子的莫大榮幸之前，曾經是一名人類。」

「你當時就想成為猴子？」克勞斯問。

伊凡斯微笑著回答：「我是在被變成猴子之後，才發現自己想當猴子。現在我如願以償，再也不想變回人類了。我喜歡跟在伊妮德身邊，有一次我親眼看到她讓火山噴發、岩漿流淌，你們應該聽聽當時村民的尖叫聲，實在太精采了！我熱愛觀賞她製造災難！」

「這樣啊……」克勞斯一邊說，一邊向你示意，這隻猴子似乎不太對勁。「為什麼伊妮德讓你成為她的親信呢？」

牠低頭看著自己的腳，有點難為情的說：「其實我以前是女巫獵人，你絕對想不到，伊妮德曾是我的死對頭。她到處使壞，我則全力阻止。然而在某個颳著暴風雨的夜晚，我潛入她的城堡進行暗殺任務，卻被她逮個正著，從此認命的服侍她，久而久之便成為她的親信了。」

「我以為所謂的親信應該是忠心耿耿的？」

「我是啊！我現在眼裡只有伊妮德，我願意為她做任何事情。透過她的啟發，我甚至發現，原來使壞比阻止別人使壞有趣多啦！」

克勞斯意味深長的點點頭，「我明白了，意思是你的立場改變嘍？」

「對。你剛才有注意在聽嗎？他是不是在放空？我到底應該對你們之中的哪一位說話？」猴子不耐煩的抱怨。

伊凡斯注視著你，克勞斯很快的拉回牠的注意力，「對外發言的工作由我來負責。請問我們能進去喝杯水嗎？畢竟爬到頂樓實在不容易。」

「恐怕不行。這個地方亂七八糟，而伊妮德向來非常在意她的形象。對於許多女巫和巫師來說，她在各方面都是典範呢！」牠用力抓緊房門，拚命阻止你們往裡頭窺視。

「那麼你能否請伊妮德出來和我們談談呢？」克勞斯不死心的問。

「不好意思，她現在不在這裡。」

「她去哪裡了？」

「這是個好問題，我也想知道她的下落。今天早上，邪惡聯盟在邪惡咖啡早餐會報中度過，伊妮德盡了她的職責，承諾要以邪惡勢力控制全世界，並嚴懲那些礙事者。接著，大家一起享用美味的高熱量奶油餅乾，一切都邪惡得很完美。不過，在那之後我就沒見到她了。」

「她平常也會像這樣突然消失嗎？」克勞斯問。

「有時候確實如此，畢竟伊妮德非常神祕，誰也猜不透她在想什麼。別擔心，她會出現的。不，是必須要出現。今天下午我們要召開邪惡的祕密會議，而且要在博覽會的開幕典禮之前，舉行期待已久的狂歡派對！」

你趁著伊凡斯分心和克勞斯說話時，偷偷挪動身子，窺看房間內部。你透過門縫看見一面白牆，屋裡的家具很少，似乎沒有可疑的地方。正當你想把注意力拉回猴子身上時，你發現裡頭的一扇窗戶是開著的，底部被燻黑的窗簾正隨風飄揚。

「在魔法消失之前，就沒有人見過伊妮德了？」克勞斯問。

「沒錯。我希望政府能盡快修復魔法路由器，伊妮德十分樂意在狂歡派對上露一手，吸引更多追隨者。」

克勞斯挖苦道：「當然，面對這位渴望權力、立志占領世界的邪惡巫后，有誰能不愛她呢？」

「說得很有道理。」伊凡斯點頭如搗蒜，看來牠沒聽懂雪怪話中的嘲諷。

「對了，有傳聞說，伊妮德得為消失的魔法負責。」克勞斯開始展現他的拿手絕活——藉由聊天進行套話。

伊凡斯露出訝異的表情說：「這不是完全不可能，畢竟她是一位無惡不作、意圖統治世界的邪惡女巫。如果你願意聽聽我這隻猴子的意見，我懷疑有生物希望大家認為是她做的。」

「你是說她是被陷害的？」

「惡勢力本就容易被當成代罪羔羊，而且大家都知道我們將在今天舉行投票，倘若這次的結果是決定統治世界，我們就會在伊妮德的帶領下展開行動。在這種情況下，把魔法消失怪罪在她頭上，也算合情合理。」

「我理解為什麼有些生物反對你們統治世界。」克勞斯說。

「既得利益者會盡一切努力，阻止我們破壞目前的平靜生活。」

「你所謂的『既得利益者』是指……」

「你知道的，我說的是夜間市長弗蘭肯芬，以及避風鎮市議會裡那群愛管閒事的官員。他們個個品行惡劣，卻並非壞得無可救藥，你明白我的意思嗎？弗蘭肯芬對大家來說簡直是個惡夢，政府中唯一有點良知的，只剩下副市長『珊德拉．瑞瑪洛』。老實說，她和那些公務員沒什麼兩樣，但至少她對魔法博覽會的安排做得不錯。如果你想知道這個小鎮的真實樣貌，應該從她那裡探聽消息，而不是跑來打擾我們。」

「瑞瑪洛」這個姓氏不是第一次出現在調查過程中，更何況所有精靈都有使用魔法的能力。

伊凡斯繼續說：「可是你沒去找她，反而來到這裡，因為你和其他生物一樣，在沒有任何證據之前就指控伊妮德。我聽說，鎮上出現一位到處炫耀自己仍保有魔法的『月之舞』，如果牠不可疑，我不知道還有誰能被列為嫌疑犯。」

「誰是月之舞？」

「月之舞是來參加魔法博覽會工作坊的獨角獸，你不會覺得牠是嫌疑犯，對吧？牠總把愛與和平掛在嘴邊，而且樂於分享，我們邪惡人士相形之下，當然比較可疑嘍！」

「有意思。」克勞斯瞄了你一眼，確定你已把這個名字寫進筆記本。「我們可以在哪裡找到月之舞？」

「這裡。」伊凡斯遞給他一張傳單。

月之舞冥想
跟隨世界知名心靈大師，
以冥想啟發你體內的
「獨角獸」！
避風鎮展覽中心，第24室

「謝謝。」克勞斯把腳從門縫裡移開，伊凡斯立刻把門關上。

克勞斯想了想，對你說：「那隻猴子提供了許多條線索，或許牠只是想轉移焦點，但我的確對月之舞很好奇，我們要不要趁下一場冥想活動開始前去找牠聊聊？還是你覺得應該先到市議會，拜訪珊德拉副市長？」

?你想去拜訪珊德拉．瑞瑪洛嗎？

前往第75頁

地下九十九樓

?或者你想去找獨角獸月之舞？

前往第58頁

容光煥發的心靈大師

市長得來速

「弗蘭肯芬當選夜間市長後最廣為人知的政績，就是幾乎得罪了所有暗影區的居民。他大幅下修吸血鬼從血庫提領的人血量，並提高大腦的售價，讓喪屍氣得跳腳，甚至莫名增設尖耳稅，惹毛一向溫和的小精靈。他還宣布從現在起，人魚不能與其他生物共用廁所。他再繼續為所欲為，下一次選舉絕對不可能連任。」克勞斯一邊跟蹤弗蘭肯芬的車，一邊說明他最近的惡行。

弗蘭肯芬的座車轉入一條繁忙的街道，不熟悉交通規則的華生差點撞上一名正在過馬路的巨人。克勞斯緊急煞車，害你差點被安全帶勒斃。

克勞斯若無其事的說：「別擔心，華生的駕駛技術越來越棒了，是不是啊？乖車車。」

華生得意的重新發動引擎，向後倒車。牠繞過巨人的大腳，自顧自的穿梭於車陣間，緊追著弗蘭肯芬不放。為了不跟丟目標，華生不時開上人行道，甚至隨意變換車道，當然也不把紅綠燈放在眼裡。路人的尖叫聲此起彼落，坐在車上的你只能用力抓緊把手，自求多福。

突然，華生一個不小心撞上人行道旁的消防栓，車身劇烈晃動，你的手一滑，打開了收音機。

華生總是把廣播頻道設在暗影電臺，因此主持人的聲音馬上傳了出來，「現在有請《異常生物日報》的記者格雷琴·泡巴為我們說明。」

「各位午安。」這刺耳的聲音來自多次登場的報喪女妖格雷琴。雖然你們已在多起案件中交手過，你卻始終無法忍受她尖銳的音調，只好靠著咬緊牙關、捏痛自己來保持清醒，以免被她的言語洗腦。

主持人說：「關於魔法消失的意外，你認為是怎麼發生的呢？」

「意外？弗蘭肯芬這個老狐狸一直想讓大家覺得只是場突發事故，可是任何熟悉魔法界的生物都會知道，這次的事件百分之百就是一樁竊案！」

「我也這麼認為。如果這件事和妄想統治世界的惡勢力有關，那麼魔法碰巧在今天消失，絕對大有隱情！畢竟邪惡女巫伊妮德正率領她的邪惡聯盟，和我們一起待在鎮上。」主持人和格雷琴一搭一唱。

「沒錯！請想想看，一個擁有顛覆世界能力的大壞蛋還會做出什麼事呢？」格雷琴挖苦道。

「你會持續報導這則新聞的最新動態嗎？」

「本來會的，可惜我的印刷機也必須靠魔法啟動，現在什麼都印不出來。」格雷琴氣惱的說：「如果我可以順利發行報紙，我會提醒讀者，這一切都是在丁布比的監管之下發生的，身為魔法界的領袖，他應該負起全……」

克勞斯不等格雷琴說完，便果斷關上廣播。「看來弗蘭肯芬似乎要去覓食，我們去探一探他的口風。身為夜間市長，他應該充分掌握所有資訊，然而他是否願意和我們分享，就另當別論了。」

弗蘭肯芬的座車停在一間名叫「喪屍樂咬樂」餐廳的得來速車道上，華生靜靜的跟在後面。這家店的餐點令你作嘔，像是腦漿漢堡、怪物肉排、木乃伊捲餅……菜單旁貼著一張吃到飽活動的海報，上面有一位斜視的喪屍，嘴巴周圍沾滿鮮紅色

不怕你吃到飽！
這一天是世界末日，
也是減肥的終止日！

的液體，你希望那只是番茄醬。

弗蘭肯芬搖下車窗，傾身靠近得來速的對講機開始點餐。他穿著實驗袍，脖子上掛著一條沉重的金項鍊，鍊子碰到對講機時發出刺耳的喀啦聲。「請給我一個重量級的喪屍男孩漢堡套餐，飲料是大杯的毛骨悚然可樂。」

對講機裡傳來一陣可怕的低吼，接著陷入詭異的寂靜。在暗影區，訂購速食似乎也會有生命危險。你和克勞斯下車後往弗蘭肯芬的車走去，這時你注意到，他的司機是一隻戴著黑色帽子的海豹。

「這不是令人尊敬的夜間市長弗蘭肯芬嗎？」克勞斯挖苦他，「很高興看到您在危機時刻還有閒情逸致享用美食。」

「危機？什麼危機？」弗蘭肯芬微微一笑，轉過去對他的司機說：「朱利安，把車開到取餐處，我先跟這些寶貴的選民聊一下。」

「好的，市長。」海豹司機嚴肅的回答後，把車子往前開。

「朱利安是我的得力助手，即使牠是一隻海豹，也不會讓我的行程出包。」弗蘭肯芬對自己的押韻滿意的點點頭，然後說：「別小看這份工作，畢竟身為夜間市長的我，可是鎮上最重要的人物。」

克勞斯哼了一聲，「你也許沒有自己想得重要。鎮上的魔法被偷了，做為市長的你要怎麼解決這個問題？」

「我們正在釐清整個狀況，不需要製造無謂的騷動。別擔心，魔法很快就會恢復了。」

此時，地面再次劇烈震動，你一個重心不穩跌坐在地。

「那是怎麼回事？」克勞斯扶好被震歪的帽子，瞪大雙眼問道。

「只是哥布林挖礦隊引起的小震動，我打算立法禁止他們出現在避風鎮以絕後患，這也是我為了整頓秩序而擬定的新政策。」

「我不是來聽你做政令宣導的。」克勞斯冷冷的說。

「總之，我將在今晚的魔法博覽會開幕典禮中發表城鎮改革計畫，同時向大家展示我的最新作品！」

「你又製造了另一隻怪物？」克勞斯錯愕的問。

弗蘭肯芬的臉上浮現一抹得意的笑容，「民眾再也不能因為我只製造出一隻微不足道的怪物而鄙視我。」

「請不要這樣說你自己的兒子！」克勞斯難得對他人流露出怒意，「怪迪是個好孩子。」

弗蘭肯芬不屑的說：「他勉強還行啦！反正我要在魔法人士齊聚一堂時，讓大家見證新怪物的誕生！」

克勞斯沉著臉反問：「如果魔法不能及時恢復呢？」

「放心，包在我身上！畢竟怪物製造機必須用魔法才能啟動，我絕對不會讓這種事耽誤我發表偉大的成就！」弗蘭肯芬高傲的說：「況且就我所知，異象警隊已經控制住局面

了，你就交給專家處理吧！索斯塔。」

克勞斯揚起一邊的眉毛。你想起他曾經說過的話——如果有人阻礙你調查，可能是因為對方藏有不想讓你發現的事情。弗蘭肯芬肯定暗懷鬼胎，否則怎麼能篤定魔法絕對會在開幕典禮前恢復正常？

「這是您的餐點，請小心取用。下一位顧客，請點餐！」對講機另一端的服務生催促你們趕快動作。

「不點餐似乎有些失禮。」克勞斯低頭研究著菜單。這不是他第一次為了食物而分心，根據你的了解，雪怪幾乎永遠都處於飢餓狀態。

夜間市長領走他的餐點，克勞斯也從菜單中選出他最愛的垃圾食物，你則悄悄跟著弗蘭肯芬。他的海豹司機跳出車外，迅速為抱著餐點的市長打開車門。

弗蘭肯芬上車後對司機說：「謝謝你，朱利安。我現在要接一通私人電話，你可以到車外頂球五分鐘。」

「太好了！謝謝市長。」

弗蘭肯芬拋出一顆海灘球之後，立刻關上車門。朱利安俐落的用鼻子接住海灘球，讓球在身上四處滾動。眼前這個海洋樂園等級的海豹雜耍十分逗趣，可是你沒有時間分心。弗蘭肯芬咬著漢堡準備講電話，朱利安則緊盯著海灘球不放，你連忙趁機掃視車子的後座。

一個巨大的身軀蓋著白色被單躺在後座，腳趾頭上的名牌寫著「惡煞梅塔」。你見過這個毫無生氣的怪物，她是弗蘭肯芬的最新作品，但因怪物製造機失竊而被迫暫緩復活，目前弗蘭肯芬計畫在開幕典禮完成他的夢想。車子裡堆滿白色的小紙盒，盒子上方有一臺像舊式縫紉機的機器，你馬上認出那就是怪物製造機，它的旁邊掛著一個標示「瑞瑪洛專業維修」的吊牌。

嘟嚕嚕嚕嚕嚕——

突然，耳邊響起一陣管風琴的樂音，你花了一點時間才意識到，那是弗蘭肯芬的來電鈴聲。

「啊囉！」弗蘭肯芬一邊大嚼食物，一邊口齒不清的接起電話，你趕緊把耳朵

瑞瑪洛
專業維修
瑞瑪洛
專業維修
惡煞梅塔

貼在車窗上。「啊！瑞瑪洛警官。有關伊妮德的行蹤，我的眼線說她在佛利高塔頂樓租了一間套房……還有，請你查一下……」

喔咿喔咿喔咿！

朱利安在一旁玩得太開心，發出震耳欲聾的叫聲，你只好摀住另一隻耳朵，盡力聽清楚弗蘭肯芬在講什麼。

「……我不在乎！現在是我當家作主，你最好乖乖聽我的命令！我……」

喔喔喔喔喔咿！

朱利安正在用後腳倒退走，海灘球穩穩的頂在鼻尖上。要不是有任務在身，你很想替牠熱烈鼓掌。

「……今天下午的記者會。」

弗蘭肯芬掛上電話，按了一聲喇叭，朱利安馬上變回盡責的司機，載著市長開車離去。你迅速挪開身子，仔細思索剛才蒐集到的情報。弗蘭肯芬自當選後，便毫不掩飾自己意圖控制一切的野心。

你回到克勞斯身邊，他正捧著一個巨大的紙袋離開取餐區。回到車上後，克勞斯專心享用漢堡，讓華生自己駕駛，你趁著空檔告訴他剛才聽到的消息。

克勞斯問：「接下來我們應該去和奈傑爾．瑞瑪洛談談嗎？還是去拜訪傳說中的邪惡巫后？」

?你覺得應該去和那位魔法專家精靈談談？

前往第67頁

精靈王奈傑爾

?或者你覺得應該去佛利高塔找伊妮德？

前往第24頁

女巫的親信

確認目標

坐上副駕駛座後，你感覺皮膚一陣搔癢。你很確定華生身上有跳蚤，而且你猜想毛茸茸的老闆逃不過被跳蚤寄生的命運，但你始終沒有勇氣說破。你打開廣播，希望能藉由轉移注意力來減緩不適。

「大家好，我是午間節目的主持人嚎狼．豪沃。在這個不平靜的日子，所有生物都議論著魔法究竟是如何消失的。收聽本節目的你，也深受其擾嗎？」

華生發出一陣哀鳴。

「乖狗狗，別擔心，我們會找回魔法的。」克勞斯踩下油門後，低聲對你說：「其實，華生一直期盼能恢復原來的模樣。身為寵物狗的牠確實很討人喜愛，然而對我們來說，變成車子的牠更派得上用場。」

廣播主持人繼續說：「現在有請《異常生物日報》的記者格雷琴．泡巴為我們說明。」

「各位午安。」報喪女妖尖銳的聲音傳了出來。

「關於魔法消失的意外，你認為是怎麼發生的呢？」嚎狼問。

「意外？弗蘭肯芬這個老狐狸一直想讓大家覺得只是場突發事故，可是任何熟悉魔法界的生物都會知道，這次的事件百分之百就是一樁竊案！」

「我也這麼認為。如果這件事和妄想統治世界的惡勢力有關，那麼魔法碰巧在今天消失，絕對大有隱情！畢竟邪惡女巫伊妮德正率領她的邪惡聯盟，和我們一起待在鎮上。」主持人和格雷琴一搭一唱。

「沒錯！請想想看，一個擁有顛覆世界能力的大壞蛋還會做出什麼事呢？」

「你會持續報導這則新聞的最新動態嗎？」

「本來會的，可惜神奇印刷機也必須靠魔法啟動，現在什麼都印不出來。」格雷琴氣惱的說：「如果我可以順利發行報紙，我會提醒讀者，這一切都是在丁布比的監管之下發生的，身為魔法界的領袖，他應該負起全責！」

「謝謝你，格雷琴。我們先進廣告，稍後回到現場，請不要轉臺！」

一段滑稽的配樂響起，接著一個聲音說：「我是魔法萬事通奈傑爾・瑞瑪洛，世上沒有我不知道的魔法，只有不值得我知道的魔法！歡迎參觀精靈魔法家電行，體驗我們的魔法產品和維修服務。只要我輕輕揮動魔杖，您就可以告別雜亂無章的生活！」

克勞斯關掉廣播。

駕駛一輛由狗變成的汽車穿越繁忙的小鎮，本來就夠瘋狂了，更何況現在所有的街道都因失去魔法而比平常還要混亂。

現在正是見證暗影區居民有多麼依賴魔法的好時機。由於交通號誌全部故障，異象警隊只好派出一位魁梧的巨魔警員站在路口指揮交通，他對著拒絕讓路給哥布林專車的異能學院校車瘋狂吹哨，這兩臺車卻完全不把他放在眼裡，拚了命的往前開。

克勞斯讓華生停在嘲諷公園旁。這裡雖然名為公園，其實比較接近野草叢生的荒地，裡頭有一片陰暗的樹林，正中央是混濁的史丹契湖。

你不是很想在如此混亂的時刻造訪這種地方，直到克勞斯告訴你原因。「魔法界總部位於避風鎮的下方，相關人士可以從專用快速通道進入內部。該建築另外設有幾個供一般民眾通行的出入口，其中一個就在這座公園的中央。」

當你們沿著蜿蜒的小徑走入濃霧時，你不禁慶幸自己的身旁有一隻巨大的雪怪充當保鑣。空氣中瀰漫著一股詭異的氣氛，你們走沒幾步，周遭就變得伸手不見五指，只能聽見附近傳來各種生物的嚎叫、嘶嘶聲和低吼聲。你緊緊跟著克勞斯，只是他的白毛在霧裡難以辨識，你必須保持專注才不會跟丟。

突然，克勞斯停住腳步，你一個措手不及，猛力撞了上去，感覺就像撞到一個充滿體臭和漢堡味的毛茸茸大抱枕。你正想問他為什麼停下來，便聽到一個口齒不清的說話聲。

「愛抱抱先生！愛抱抱先生！」

濃霧中出現一團模糊的紅色身影。當它逐漸靠近你們時，你才看出那是一個身穿紅底白點洋裝的小女孩。

「不好意思，我的愛抱抱先生不見了。」小女孩說。

她神情焦慮，看起來不像是暗影區的居民。克勞斯拉緊衣領，盡量喬裝成一位穿著高領毛衣的男子。

這一招似乎奏效了，小女孩並沒有瞪大雙眼或驚聲尖叫，只是望著你們問道：「請問你們有看到愛抱抱先生嗎？牠大概這麼大，真希望牠沒事……愛抱抱先生還很小，是個小嬰兒。」她伸出雙手比畫了一下，你注意到她手裡握著一條牽繩。

「幸好牠們通常會把不夠塞牙縫的東西吐出來。」克勞斯不小心脫口而出。

「這是什麼意思？」

「沒事，你不該獨自在這裡遛寵物。」

「我知道，只是有一個頑皮的朋友沒關窗戶，才讓愛抱抱先生趁機溜出

來。可憐的小東西……」

「我們會幫你留意愛抱抱先生的蹤影。」克勞斯向她保證。

「謝謝您。」小女孩道謝。她看向你們，然後把目光停留在你身上，眼神透露出一絲調皮，你立刻提高警覺。她的父母在哪裡？她一個人待在這座陰森的公園做什麼？難道她一點都不害怕嗎？你的內心充滿各種疑問，可是還來不及開口，她就消失在濃霧裡了。

你跟著克勞斯繼續往前走，忍不住懷疑他是否真的知道入口所在的位置。過了好一會兒，你們來到一處空曠的地方，那裡有一棵銀白色的大樹。

克勞斯指著樹，大喊：「就是這裡！如果我沒記錯，這棵樹可以打開岩石旁邊的入口。」

「你說得沒錯，可是你不能那麼做！」你們身後突然有人出聲制止。

「嗨！瑞瑪洛巡佐。」克勞斯說。

「不好意思，我現在是瑞瑪洛警官了。」她不滿的糾正。

經歷過幾次案件後，你現在對精靈艾芬娜．瑞瑪洛很熟悉了。她隸屬於異象警隊，是達卡警長的下屬，個子之所以看起來和克勞斯差不多高，是因為她在那邊得平整的藍色長褲底下，踩著一雙高蹺。

「哇！你又升官了，艾芬娜。」克勞斯說：「恭喜！」

「謝謝你，索斯塔，但我還是不能讓你使用這個入口。我接到命令，不准任何人從這裡進出。」

克勞斯笑了一聲，「達卡又想阻止對手進行偵查，獨攬破案的功勞嗎？」

「達卡警長正在休假，這道命令是由夜間市長弗蘭肯芬直接下達的。」艾芬娜回答：「他不希望魔法博覽會因此受到影響，況且魔法消失已經讓大家亂成一團，

整個小鎮擠滿什麼事都做不了的女巫和巫師。」

「那麼你呢？」克勞斯疑惑的問：「難道精靈不需要使用魔法嗎？」

「我們生來就擁有魔法，可是並非每個精靈都有使用的天賦，反正我比較喜歡靠自身的努力去爭取想要的一切。」她高傲的回答。

克勞斯敷衍的回應：「真是令人欽佩。不過，你光站在這棵樹旁邊，要怎麼破解謎團呢？」

艾芬娜說：「我只是來幫巨魔同事代班罷了。別擔心，我對這個案子投注的心力，跟女巫臉上的疣一樣多。有些同僚甚至已經逮捕了幾名嫌疑犯，準備帶回警局偵訊。」

「你們抓到伊妮德了嗎？」克勞斯問。

「沒有，但我們一定會逮到她，這些年來她製造過太多麻煩了。你記得上次她把月亮變成一碗牛奶嗎？」

「當然，那時候所有的狼人都對著天空喵喵叫。」克勞斯

大笑，「還有一次，她讓天空下起了青蛙雨！」

艾芬娜也忍不住嘴角失守，「當時大家都嚇得像青蛙一樣亂跳。總之，我們會持續監視她在佛利高塔的套房，只是要找到能隨意變身的她，實在不容易。」

「說不定，你就是伊妮德。」艾芬娜直直凝視著克勞斯。

「說不定，她就是你。」克勞斯不甘示弱的回敬。

艾芬娜故作神祕的說：「說不定，她正在偷聽我們說話。」

他們倆突然轉頭望著你，你不由得緊張起來。你默默往後退一步，不小心被樹根絆倒。艾芬娜噗哧一聲笑了出來，克勞斯也笑著把你扶起來。

他說：「不好意思拿你來開玩笑，你還好嗎？」

你漲紅著臉勉強點點頭，自尊心受到了一點打擊。

克勞斯趁艾芬娜卸下心房時提議：「我想，也許我們應該向你父親討教，畢竟他可是魔法能源的專家。」

「請不要打擾我的父母！」艾芬娜馬上板起臉孔。

「你的母親最近好嗎？她仍在市議會工作，對吧？」克勞斯用和老同事閒聊的口吻繼續說下去。你明白，這是為了套出線索、幫助破案的手段。

「她現在是副市長了。在這場魔法悲劇發生之前，她一直在忙著籌備魔法博覽會。而且，她最近也因為我爸的事情受到很大的壓力。」

克勞斯嗅到了不尋常的氣氛，連忙追問：「奈傑爾怎麼了？」

她還來不及回答，地面就突然傳來猛烈的震動，你重心不穩的摔倒在地。

「為什麼最近地震這麼頻繁？」克勞斯皺著眉問。

「呃……那是哥布林挖礦隊，不用擔心。」

「真的嗎？」從官腔的夜間市長弗蘭肯芬和艾芬娜口中聽到相同的理由，讓克勞斯直覺案情並不單純。

「別管那些哥布林了。」艾芬娜迅速轉移話題，「我不能讓你們進入魔法界總部，如果你們真的想幫忙，就去追查伊妮德吧！」

克勞斯感受到艾芬娜的防備心，便不再勉強她。「謝謝你的建議，祝你們辦案順利。我相信，唯有最優秀的偵查人員能破解這起案子，最後找出真相的會是誰，我想大家都很清楚。」

「聽說破解上一個謎案的，是你的助手喔！」艾芬娜俏皮的朝你眨眨眼。

「我們兩個可是工作共同體，再見啦！」

克勞斯轉身離開魔法界總部的入口。你的老闆曾是異象警隊裡最優秀的警官，艾芬娜以他為目標努力奮鬥，因此他們總是互相較勁。艾芬娜剛才究竟說了多少實話？你從未見過沒有祕密的人，當克勞斯提議去拜訪她父親時，她的態度似乎過於抗拒，你們是否應該往這個方向進行調查？

克勞斯吹了一聲口哨，華生馬上開心的以喇叭聲回應。牠迅速穿過溼滑的草地，來到你們身邊，你和老闆趕緊鑽進車內。

「也許她說得對。我們應該去一趟佛利高塔，看看能不能找到伊妮德。」克勞斯一如既往的徵詢你的意見，「你覺得呢？」

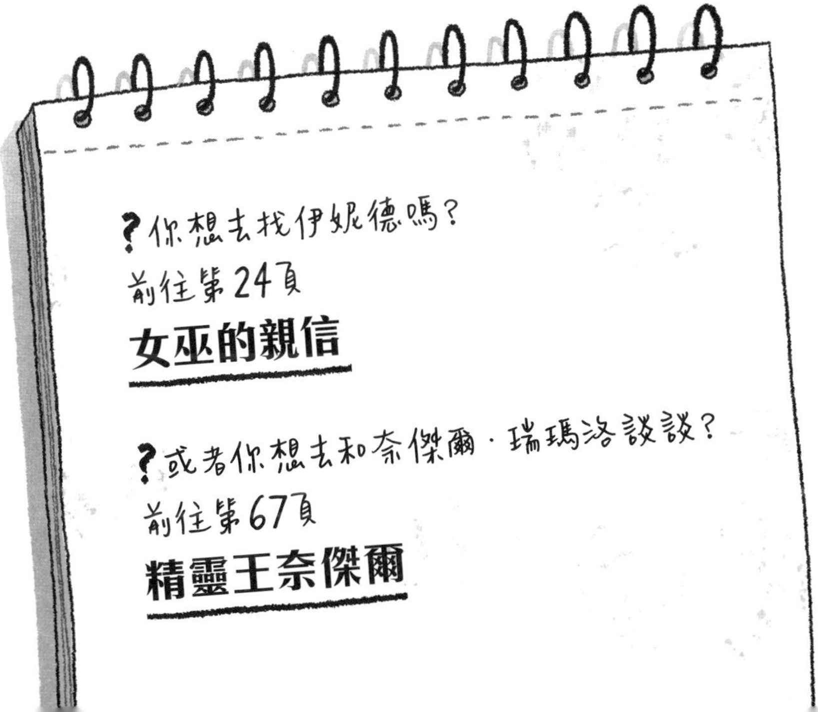
?你想去找伊妮德嗎？
前往第24頁
女巫的親信
?或者你想去和奈傑爾．瑞瑪洛談談？
前往第67頁
精靈王奈傑爾

容光煥發的心靈大師

避風鎮展覽中心舉辦的活動通常都枯燥乏味，包括家庭保險研討會、鉛筆同好會聯誼，以及抹布收藏大賽。此外，這個地方偶爾會作為特殊場合使用，例如在今天即將盛大開幕的魔法博覽會。這場集會需要一個附有許多獨立空間的大型場地，以便同時進行各種研討會或展示活動，儘管避風鎮展覽中心位於小鎮裡人類生活的區域，仍是舉辦博覽會的不二選擇。

不論魔法是否消失，博覽會都會準時開展。此時，大批車輛魚貫進入停車場，華生幸運的在正門附近找到了一

個車位。形形色色的暗影區生物們開始出沒於會場周遭，看來大家都十分期待這場博覽會。

克勞斯下車前提醒你，「現在是暴風雨前的寧靜，雖然今晚才正式舉行博覽會的開幕典禮，但白天已經有多場小型活動陸續展開了，我們必須留意會場中的所有蛛絲馬跡。

你們推開展覽中心的大門，一位身穿黃色夾克的人類警衛坐在門後的桌子旁，讓許久沒見到人類的你倍感親切。他原本正在看報紙，後來忍不住抬頭仔細端詳克勞斯。

「天啊！你真是高大。有什麼需要我幫忙嗎？」

「我想找獨角獸的冥想工作坊。」克勞斯回答。

警衛噗哧一笑，「你們這些人真的很融入角色吔！牠在第二條走廊的左邊第三個房間。」他轉身問你：「他裝扮成什麼？」

「雪怪。」克勞斯認真的說：「謝謝你的協助。」

你們轉身準備離開時，警衛打趣著說：「雪怪？也就是剛才經過的那個可笑胖雪人嘍？」

「其實他是我表弟！」克勞斯大喊。

警衛哈哈大笑，渾然不知自己正在和一隻貨真價實的雪怪說話。你有時候忍不住想，普通人類會怎麼看待這些你已經見怪不怪的奇聞軼事。

「我們到了。」克勞斯指著一扇門上的標示說。

他轉開門把走了進去，一股香甜的味道立刻撲鼻而來。房內瀰漫著朦朧的霧氣，優雅和緩的豎琴音樂流瀉其中，氣氛慵懶至極。你跟著克勞斯往裡面走，雙臂不由自主的隨著音樂擺動，這房間的一切實在令人放鬆。

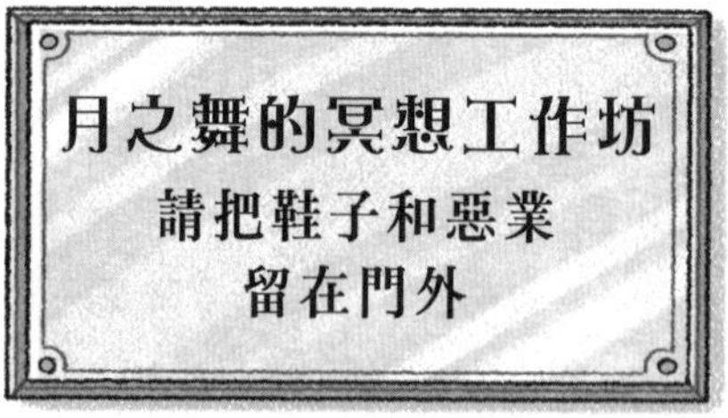
月之舞的冥想工作坊
請把鞋子和惡業
留在門外

「嘿！」克勞斯看你越來越恍神，於是在你眼前彈了一下手指，把你拉回現實，「振作一點！」

你眨眨眼，甩甩頭，神智總算清醒了一些。你望著滿地的懶人椅，努力趕走想蜷縮在上面的欲望。

「歡迎來到月之舞的冥想工作坊。」一個輕柔溫和的聲音從霧裡飄出。

一支銀色的尖角緩緩劃破房裡的薄霧。你屏住呼吸，這是你生平第一次親眼看到活生生的獨角獸。當牠傾身向你們致意時，你望進牠乳白色的雙眼，內心頓時感到無比的平靜。

「啊！是新朋友，謝謝你們來找我。」獨角獸直視著你和克勞斯，「你們是不是錯過了今天早上的冥想課程？下一場將會在一小時後開始。」

「我們不是來冥想的。」克勞斯說。

「你們是我的粉絲？」

在他們對談的同時，你一如往常準備在本子上做筆記，月之舞卻突然低下頭，用牠的角在筆記本上塗塗寫寫。當牠抬起頭，你看見一個色彩繽紛的簽名。

克勞斯看著那個花俏的簽名，皺眉說道：「謝謝你，我們來這裡是想請教關於魔法消失的問題。」

「只要你和獨角獸在一起，魔法就永遠不會消失。」月之舞用頭上的角在空氣中畫出一道弧線，迷你的彩虹瞬間憑空出現在你們眼前，你驚喜的望著這個神奇的景象。接著，牠用角戳了戳那道迷你彩虹，彩虹便發出一陣清脆的啵啵聲，開始向四周飛濺，緩緩消失，彷彿一場煙火秀。

「魔法！」克勞斯不可置信的問：「鎮上的魔法不是消失了嗎？」

「獨角獸、鳳凰和龍屬於魔法生物，即便在睡夢中也能夠自行製造魔法，不像女巫和巫師需要仰賴魔法能源。」月之舞解釋。

「也就是說，就算避風鎮的魔法被偷了，你們也不會受到影響？」克勞斯疑惑的問，試圖釐清狀況。

「沒錯。不過，我還是很擔心這場突發狀況會影響接下來的課程。」月之舞順勢推銷自己的冥想工作坊，「我上課的環境安全又舒適，保證能讓每位學員在這場混亂中靜下心來好好放鬆，重新洗滌身心靈，成為更好的自己。告訴我，你滿意現在的自己嗎？」

月之舞的最後一句話是對你說的，面對突如其來的大哉問，你呆愣在原地。幸好在你苦惱著該怎麼回答時，克勞斯搶先替你解圍了。「恐怕我得把你列入嫌疑犯名單，因為你至今仍保有魔法。」

「嫌疑犯名單？」

「對，偷走鎮上魔法的嫌疑犯。」

「我何必那麼做？我根本不希望魔法消失，甚至想對世界上所有生物展現魔法的美好！」月之舞昂頭高舉兩隻前腳，侃侃而談：「許多魔法界人士認為必須對人類隱藏自己的能力和存在，我們獨角獸可不這麼想。魔法對我來說是愛和禮物，值得與每個靈魂分享！」

「你要如何證明，剛才的花招和鎮上被偷走的魔法無關？」

「獨角獸不需要證明。」月之舞保持著優雅的微笑，「我們是神話、是傳說，我們的存在就是魔法！」

「即便如此，你們的所做所為也無法凌駕於法律之上。」克勞斯一邊繞著月之舞走動，一邊仔細環顧四周。你也想從旁協助，只是房間裡的濃郁香氣令你頭痛欲裂，實在難以集中精神。

「魔法生物從不遵守大自然的法則，又怎麼會服從人類訂下的規範？」月之舞掩嘴輕笑。

「你是指夜間市長弗蘭肯芬制定的規矩？」

一向神色自若的月之舞忽然垂下前腳，嘆了口氣說：「他真是個可怕的人。弗蘭肯芬頒布這些法規的目的只有一個，就是想全盤掌控他無法理解的事物，代表他幾乎什麼事都要插手。這次負責籌備魔法博覽會的明明是副市長珊德拉．瑞瑪洛，弗蘭肯芬卻搶走了所有功勞……開幕典禮的主角當然是市長嘍！不知道他到時候又會怎麼吹噓自己？說不定還會藉機宣傳他製造的新怪物。」

「也許我們應該去和珊德拉．瑞瑪洛聊聊魔法失竊案，看看是不是與博覽會有所關聯。」克勞斯提議。

「如果想揪出偷走魔法的竊賊，我建議你們直接到魔法界總部尋找線索。」月之舞往前站了一步，拍拍胸脯說道：「其實，我剛才正打算去那裡替我苦惱的粉絲們問清楚，現在可以帶你們一起去。」

「你要怎麼帶我們去？」克勞斯望著月之舞的身軀，露出擔心的神色。華生可不是露營車或巴士，平常光是塞進魁梧的雪怪就已經很辛苦了，真不敢想像這隻高大的獨角獸該如何與你們同車共乘。

「只要把手放在我身上，我可以讓所有碰觸我的人瞬間移動到任何地方。」月之舞輕快的甩了甩粉紅色的鬃毛回答。

克勞斯看起來放心多了，面對獨角獸的邀約，他謹慎的回覆：「請讓我們討論一下，好嗎？」

月之舞體貼的點點頭，向後退了一步。

克勞斯彎下腰在你耳邊低聲說道：「真是太幸運了！我們正好在煩惱要如何進入魔法界總部，想不到那隻獨角獸居然就是通往該處的捷徑！事出突然，你認為我們應該搭這輛便車嗎？」

你理解克勞斯的想法，到案發現場調查無疑對破案有非常大的幫助。你看著本子上的某個名字，心裡有些猶豫。根據目前的情報，身為副市長的珊德拉．瑞瑪洛一定握有許多內幕，假如可以和她談談，說不定能挖掘到更多線索。

你的決定是什麼呢？

？你想先去魔法界總部嗎？

前往第84頁

魔法界總部

？或者你想直接去找珊德拉．瑞瑪洛？

前往第75頁

地下九十九樓

精靈王奈傑爾

避風鎮的人類居民若想購買烤吐司機、熱水壺、電視等家電用品，會到鎮上的電器行挑選，暗影區的生物則會光顧奈傑爾．瑞瑪洛的精靈魔法家電行。這裡的商品五花八門、應有盡有，而且都是以魔法能源運作。

克勞斯邊開車邊說：「打從我有記憶以來，奈傑爾就在經營這家店，他是本地名人，常在電臺或電視上投放有趣的廣告來推銷新產品。我也很熟悉他的家人，女兒艾芬娜在異象警隊任職，妻子珊德拉則在市議會服務多年，現在總算晉升為副市長了。」

你竭盡所能的跟上克勞斯的語速瘋狂做筆記，還得努力在疾駛於圓環路口的華生身上保持平衡，忍不住感到頭暈想吐。過了好一陣子，華生才猛然緊急煞車，停在一家店的門口。你的雙腳終於可以踏在平穩的地面上，心裡感動萬分。

這家店的外觀並不起眼，店裡的陳設也很普通，裝著商品的紙箱從地上堆到天花板，簡直凌亂不堪。這是你第一次踏入暗影區的家電行，不禁好奇的東張西望。你看見各種奇怪的產品，包括狼人修爪美容組、吸血鬼專用電動犬齒刷，以及喪屍大腦攪拌器。

奈傑爾穿著一件藍色工作服，正踩在櫃臺後的椅凳上接電話。他把一隻手放在自己圓滾滾的肚子，濃密的絡腮鬍裡似乎藏了好幾層下巴，尖尖的右耳後插著一根長長的紫色羽毛，背後堆了上百個純白色

的紙箱。

「是的，我了解洗衣機現在無法運轉。我剛才已經說明過，本店所有商品都有保固，除了魔法失靈的時候……不，保固書裡有備註。」

你聽不清楚電話另一頭在說什麼，只能從話筒中隱約飄出的高八度音調，猜測對方應該很不高興。

奈傑爾嘆口氣後繼續說：「更重要的是，洗衣機不是用來洗小孩的！我建議您試著用鉤子把您的孫子們弄出來。您知道嗎？魔法失靈時……唉！坦白說，您的洗衣機故障不是因為魔法消失，而是使用不當！再見了，扁扁阿嬤！」他掛上電話，低聲抱怨：「這些哥布林真是無理取鬧！」

他抬起頭，這才發現你們。「啊！克勞斯．索斯塔，你好。華生的電池又沒電了嗎？請稍等，我很快就可以做出充電魔咒。」

他抓起耳朵後方的那根羽毛，揮了幾下。

「你聽說了嗎？我們現在

遇到了大問題……」

電話再次響起，打斷了奈傑爾。他接起電話，「奈傑爾精靈魔法家電行，很高興為您……」你聽到一陣憤怒的咆哮從話筒裡傳出。

「這個嘛……您可以試著把它關掉再重新啟動。它還是沒反應嗎？因為……如果您還沒聽說，我現在就告訴您，那是因為魔法消失了！」他用力掛上電話。

「天啊！」他大喊：「這些顧客到底有沒有搞清楚狀況？」

「我們也想知道魔法為什麼消失了。」克勞斯說。

奈傑爾還來不及回話，電話鈴聲又響了起來。他拿起話筒大吼：「對！我知道現在沒有魔法！」他狠狠掛上電話，轉身對你們抱怨道：「這些生物平時依賴魔法處理生活上的所有需求，卻不去理解魔法是怎麼運作的。」

「以前發生過類似的狀況嗎？」克勞斯問。

奈傑爾聽到這句話後，突然尷尬的咳了一聲，說：「呃……有，當時狀況很快就排除了。啊！讓我為你們介紹本店新推出的魔法修復服務。」他將一張名片遞給克勞斯，雪怪看了一眼，便轉交給你。「為了生存，我們也必須開始多角化經營。魔法使用費不斷上漲，我們這些店家得更努力才能維持營運。現在，我只希望魔法能夠趕快復原，讓生意恢復正常。市議會和異象警隊最好多加把勁，盡早抓到可惡的竊賊！」

「難道不能讓哪個生物製造更多魔法嗎？」克勞斯提議。

奈傑爾誇張的扶著額頭大喊：「製造更多魔法？魔法不能憑空變出來，況且要產生足以維持整座城鎮運作的魔法能源，通常需要好幾個月的時間啊！」

「我們使用的魔法究竟是如何產生的？」克勞斯問。

奈傑爾拿起螺絲起子，轉開掛鐘的面板。「這個問題有點複雜，簡單來說，魔法源自於地底。別擔心，我女兒艾芬娜正在調查這起竊案。」他驕傲的拍拍胸脯，「幸好她遺傳到她媽媽的聰明才智。」

「珊德拉還好嗎？」克勞斯故作隨意的打探消息。

「她很忙。弗蘭肯芬只會到處演講，想出一堆莫名其妙的新規定，真正在做事的是珊德拉，如果沒有她，魔法博覽會根本辦不成！然而付出這些心力後，她有得到那名人類的認同嗎？完全沒有，人類對待精靈始終如此無情！所以，我想要改變這種不平等的情況。」

「你要怎麼改變？」

他露出自豪的微笑，「你面前正是最後一位精靈王『艾爾隆』的直系子孫。」

克勞斯放聲大笑，而你一頭霧水。

「你要怎麼想是你的自由，只要我對出身有自信就夠了。今晚我將為自己舉行加冕儀式，成為替精靈爭取權益和尊嚴的領袖，不再屈服於只會耍心機和無理徵稅的人類夜間市長弗蘭肯芬，我將名留青史！」

「艾芬娜和珊德拉對此事作何感想？」克勞斯仍止不住笑意，你的腦海則閃過了幾種可能性，畢竟每條線索之間可能會產生意想不到的關聯，例如奈傑爾宣稱自己是精靈王的直系子孫，是否和消失的魔法有關呢？

你聽到克勞斯說：「認識這麼久，我真不知道你對王室權力有興趣。」你的想法和他一樣。

「我只是想名正言順的拿回屬於我的東西，為同胞打造更好的環境！至少我沒有號召我的追隨者一起摧毀世界。」奈傑爾理直氣壯的反駁。

這時，店裡的電話又響了，未來的精靈王無奈的拿起話筒。

「聽著！魔法消失……是你啊！抱歉，親愛的，你知道今天有多麼混亂……真的嗎？又要晚歸？好吧！可是別忘了我們今晚有加冕儀……別這麼說，這件事對我很重要。你有你的工作，艾芬娜有她的生活，我也必須找回我的榮耀，這是我們精靈一族的榮……抱歉，我知道你很忙。今晚見，親愛的。」

奈傑爾悵然若失的掛上電話，「抱歉，我剛剛說到哪裡？」

「你暗示我們，伊妮德可能是這宗竊案的幕後黑手。」克勞斯提醒他。

奈傑爾若有所思的摸著長鬍子說道：「她當然是最可疑的嫌疑犯，艾芬娜也這麼認為，但我不知道她是否……」

奈傑爾又停下來去接電話。「奈傑爾精靈魔法家電行，很高興為您服務……是你啊！我反覆考慮了很久，不太確定這樁交易真的……」

他用手摀住話筒，轉身對你們說：「抱歉，我的合夥人打來了，我們可能會講上一陣子。索斯塔，祝你順利破案，盡早抓到罪犯。」他說完後馬上回過頭，繼續竊竊私語：「接著來談談我的抽成比例……」

你跟著克勞斯走出家電行，剛才在店裡蒐集的情報多得讓腦袋嗡嗡作響。你看著手上的嫌疑犯名單，他們似乎都有犯案動機，也可能都是清白的。目前的線索並不完整，案情的發展仍充滿各種可能。

「繞了一圈，線索又再次指向那名邪惡的巫后，我們是不是該去一趟佛利高塔呢？」雪怪老闆摘下帽子為自己搧風，「是我的錯覺，還是天氣真的變熱了？」

你靜下心來感受，氣溫似乎真的有點高，也許只是辨案的壓力讓你們覺得煩躁。在失去魔法的避風鎮奔走越久，就看到越多亂象。兩名巫師正在奈傑爾的店對面大吵大鬧，互相指控對方偷走了魔法，甚至揮舞著沒有魔力的魔杖，把它們當成劍互砍，看起來彷彿用棍子打架的小屁孩。你低頭圈起筆記本上的兩個名字，猶豫著接下來應該先去找誰。

?你想去拜訪伊妮德嗎?
前往第24頁
女巫的親信
?或者你想去找珊德拉．瑞瑪洛?
前往第75頁
地下九十九樓

地下九十九樓

避風鎮市議會大樓是處理暗影區地方事務的行政中心，位於鎮民會館的隔壁。克勞斯推開厚重的大門，和你一起走向大廳的服務臺，櫃臺後面有一位嘴裡咬著鉛筆的小矮人，正全神貫注的研究《異常生物日報》上的填字遊戲。

「你好。」克勞斯向他打招呼。

「橫排六，」小矮人低頭思索，沒有搭理克勞斯，口中念念有詞：「五個字的成語，提示是『剛從異能學院畢業的女巫遇到丁布比大師』。」

「剛畢業的女巫應該很年輕，算是小巫師，」克勞斯想了想，說：「丁布比大師是魔法界的領袖、德高望重的大巫師，當小巫師遇見大巫師……答案是『小巫見大巫』！」

小矮人高興的說：「沒錯！真是太謝謝你了。」

「請問我可以在哪裡找到珊德拉．瑞瑪洛副市長？」克勞斯趁著他回神時趕快詢問。

「往下，第九十九。」小矮人迅速回答後，馬上低頭繼續看報紙。

「這是你接下來要解的題目嗎？」

「不，我是說珊德拉．瑞瑪洛的辦公室在地下九十九樓。不過，副市長通常不會接見不速之客。」

「我是她的老朋友，她會見我的。」克勞斯說。

「那就好。」小矮人說：「請搭乘那邊的電梯下樓。」

「謝謝。」克勞斯帶著你穿越中庭，按下電梯的按鈕。

「往下兩格，再往右七格……四字成語，提示是『過世已久的喪屍沒把自己的心臟放好』。」小矮人大聲念出題目，看來他又卡關了。

你試著比克勞斯更快解出答案。

「不安好心。」克勞斯頭也不回的說，你心中暗自扼腕。

小矮人開心的寫下答案，他的填字遊戲似乎大有進展，然而你筆記本上的謎題仍然無解。辦案過程中，只要踏錯一步，就會影響後續的發展。避免發生問題的訣竅在於找出每條線索之間的關聯性，它們往往是解開謎團的重要關鍵。現在，你和克勞斯正朝著這個方向努力。

身為魔法博覽會的總幹事、奈傑爾的妻子，以及避風鎮暗影區的第二把交椅，珊德拉・瑞瑪洛在魔法失竊案中絕對扮演關鍵角色，你希望這趟拜訪能讓案情更趨明朗。

克勞斯向你解釋：「議會辦公室位於地底，官階越高的職員會在越下層辦公。珊德拉的辦公室只比弗蘭肯芬高一層樓，那個職位是她的夢想。我認識珊德拉很久了，待會由我來進行訪談，你專心記錄就好。」

克勞斯總是負責對外發言的工作，這也正是他的長處：從有所隱瞞的嫌疑犯身上挖掘真相。你的優點則是觀察、聆聽，以及拼湊零碎的線索。這樣的分工讓你們合作無間，也讓彼此的能力得以徹底發揮。

隨著樓層越來越低，環境也變得越來越悶熱。當電梯終於停在地下九十九樓，你的臉彷彿泡過水般布滿一顆顆斗大的汗珠，極度怕熱的雪怪老闆就更不用說了，他汗如雨下，大衣溼成一片。

「空調一定有問題，」他邊擦汗邊抱怨，「我猜它也是靠魔法來運作。」

你喘著氣走出電梯，前方走廊的兩側是市議會各單位的辦公室。你們找到珊德拉辦公的地方，門上釘著一塊燙金的華麗名牌。

克勞斯敲了敲門。

「請進。」一個聲音說。

你跟著克勞斯走進去，眼前出現一位打扮幹練的精靈。她的辦公桌放著各種物品，卻整理得井然有序，與克勞斯那彷彿颱風過境般的座位形成強烈對比。桌上的每一份文件都貼滿彩色標籤，整齊的擺在收文匣和發文匣。你發現她甚至把筆按照顏色分類，放在不同色系的筆筒裡。你們踏入辦公室時，她正拿著一枝長長的鵝毛筆在公文上書寫。

珊德拉·瑞瑪洛
副市長

「原來是你啊！克勞斯·索斯塔。」她把鵝毛筆插在耳後，露出嘲諷的笑容。

「請不要告訴我，弗蘭肯芬急到雇用你來尋回魔法喔！我記得上次他找你調查怪物製造機失竊案，鬧得多麼轟轟烈烈！」

「我也記得，」雪怪老闆提高音調反嗆：「我們最後順利偵破那起案件，解決了他的問題。」

珊德拉．瑞瑪洛把目光從克勞斯身上移向你，臉上浮現若有所思的微笑。你發現她和女兒長得很像，都有一雙迷人的碧綠色眼睛，眼裡透露出強烈的企圖心。

克勞斯繼續說：「弗蘭肯

芬並沒有雇用我，身為避風鎮的居民，我只是想弄清楚為什麼會發生魔法消失這種荒唐事。」

「沒這個必要，我對我女兒有信心，她一定可以解決這個案子。艾芬娜最近的表現很好，甚至晉升為警官。對了，就是你被達卡警長解雇之前擔任的職位嘛！我說得沒錯吧？」

「我是自己辭職，不是被解雇。」克勞斯看起來不太高興，「我不習慣一成不變的工作，也無法盲目的遵從命令。」

兩人的脣槍舌戰被一陣轟隆隆的聲音打斷，地板又在震動了。

「今天一直有地震。」克勞斯試探的說。

「放心，只是哥布林挖礦隊在修理故障的空調。」

「難怪會這麼熱。」克勞斯抹了一下眉毛，幾滴汗飛濺到你身上。

房間某處忽然傳來「砰！」的一聲，你以為是電腦音效。珊德拉打開抽屜，拿出印著條紋圖案的短棒。她按下棒子的尖端，你們立刻聽見淅瀝瀝的雨聲，接著一個小小的聲音說：「人氣指數50，狼人迪斯可舞廳裡的口哨。」

「那是什麼東西？」克勞斯問。

珊德拉露出一個戲謔的微笑。「它叫做『人氣指標棒』，能反映出政府的作為在鎮上獲得什麼樣的評價。由於魔法消失造成諸多困擾，可想而知大家不會給我們太高的分數。」

「聽起來真有趣。」克勞斯伸出手，想接過人氣指標棒來研究。「這東西該怎麼使用呢？」

「謝謝你的稱讚。」珊德拉沒把人氣指標棒交給克勞斯，反而把它放到桌上。「你還有話要說嗎？」

「我們是來幫忙的。我們和你一樣，都想找出是誰偷走了魔法。」克勞斯的語氣變得柔和。「別這樣嘛！珊德拉，你可以放心告訴我任何事，我和你們一家算是老朋友了。」

「我知道，索斯塔，但是我現在真的很忙。」她嘆了一口氣，「你應該聽說奈傑爾想成為精靈王了吧？那個荒謬可笑的老精靈。」

克勞斯點點頭，沒有接話。這就是雪怪的魔力嗎？只要他起了頭，往往可以讓人滔滔不絕的吐露心聲，這對於蒐集情報有非常大的幫助。

「即使他的血統可以追溯到偉大的精靈王艾爾隆，那又如何？避風鎮半數以上的精靈都是艾爾隆的子孫。再說，我們早就不再使用君主制，而是透過投票選擇自己想要的領袖，雖然就我看來，我們也不見得能做出正確的選擇。」她又搖了搖人氣指標棒。

砰！「人氣指數5，人魚沙龍裡的海怪。」短棒大聲說。

「天啊！我們得到了有史以來最低的評價，弗蘭肯芬一定會很頭大。」

地底深處再次傳來震動，這次的地震搖得更大更久，連桌上的文件都掉了下來。你彎腰幫忙撿起那些紙時，瞄了一眼放在最上方的公文，上面寫著：「顛覆行動」。

「那是市議會的機密事務！」珊德拉一把搶走你手中的那張紙。「抱歉，我現在真的得處理這一大堆工作。至於那個什麼……對了，哥布林挖礦隊，我會先去警告他們要小心施工。」

「感謝你的協助。」

顛覆行動
危險程度分析
最高機密

你們身後的門一關上，克勞斯便對你說：「她肯定不會吐露所有實情，身為市議會裡位高權重的大人物，多少都隱藏著一些祕密。」

你輕輕碰了一下克勞斯的手肘，打斷他的話，因為你注意到某扇門上掛著一個告示牌，上頭寫著：

魔法界總部由此去

克勞斯拍拍你的肩膀表示讚許，「太好了！雖然我們還有其他嫌疑犯必須追查，不過現在正是勘查犯罪現場的大好機會！待會可能要請你稍微忍耐一下，因為通往魔法界總部的路程對人類來說……不太舒服。」

克勞斯打開那扇門，踏入一團旋轉的煙霧裡。你跟在後面，結果不小心失去重心，一頭栽了進去。

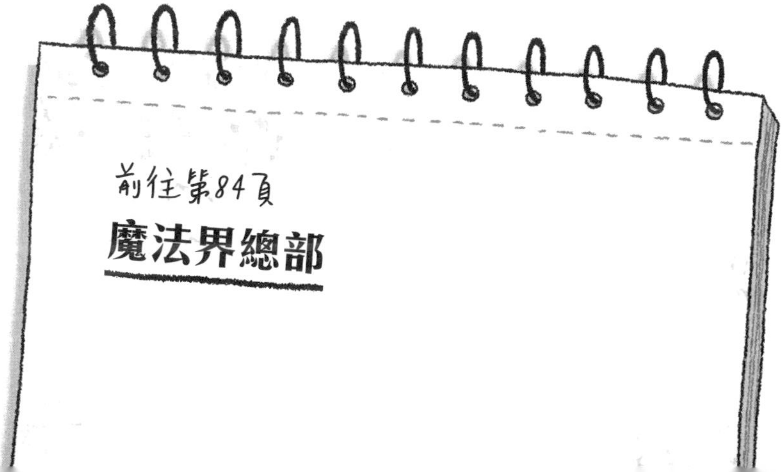

魔法界總部

你感覺自己整個人被上下顛倒的塞進一個沙漏裡，煙霧旋轉的速度快得令你幾乎失去意識，你痛苦得想放聲大叫，喉嚨卻發不出任何聲音。當霧氣散去、身體逐漸恢復知覺後，你趕緊把全身上下仔細檢查一遍，確定每個部位都完好無缺，才稍微安心一些。

你回過神，發現那隻長著粉紅色鬃毛的獨角獸正凝視著你。

「月之舞在此歡迎你們來到魔法界總部。」牠低下頭，用頭上的角在你面前畫出一道彩虹。漸漸的，彩虹從半圓形變成一個完整的圓，慢慢融化於空氣中。「你知道嗎？如果從正確的角度觀察，會發現其實彩虹是環狀的喔！」牠說：「一切都取決於你的觀點。」

「對偵探來說，保持正確的觀點做出判斷也很重要。」克勞斯附和。

一個頭戴尖帽、留著長鬍子的老人忽然從後面冒出來，說：「這不是克勞斯．索斯塔嗎？我還在想你怎麼都沒出現呢！」

等眼睛適應了微弱的光線之後，你看見你們站在一個用深色磚頭蓋成的房間，這裡沒有窗戶，只有一扇裝著金屬鉸鏈的厚重木門。你認出站在月之舞身邊的老人就是丁布比大師，他手中的蠟燭映照著陰暗的室內，微弱的燭火隨著他顫抖的手不斷搖曳。

「抱歉，我們通常是靠魔法來照明，然而在魔法消失的非常時刻，只能被迫使用原始的工具。」丁布比大師困擾的向你們解釋時，手指不小心被燭火燙到。「唉唷！」他把燙傷的手放進嘴裡試圖降溫，沒注意寬大的衣袖掃過了火焰，於是袖子也著火了。

「很高興見到你，丁布比大師。」克勞斯向老巫師打招呼，並徒手按住他袖子上的火苗，幫他滅火。

「謝謝你，我也是。」老巫師說完後轉向獨角獸，「月之舞，你怎麼會抽空大駕光臨呢？」

「鎮上發生了如此重大的危機，我想你們可能會需要幫助。既然我仍保有魔法，至少可以為你們帶來一線光明。」牠低下頭，用角輕觸丁布比手上的蠟燭。

「喔喔！」丁布比的手指頓時閃閃發亮，蠟燭的燭芯如噴泉般灑出小火花。老巫師放開蠟燭，結果它緩緩飄浮在空中，絲毫不受地心引力影響，不僅如此，燭火的亮度變成了兩倍。

「我一向都很樂意用我的天賦幫助別人。」月之舞向大家點頭致意。

「謝謝你。」丁布比大師摸摸自己的手指，轉頭對你和克勞斯解釋：「獨角獸可以自行產生魔法，牠們的魔法能量保存在那個……頭上的什麼東西裡。」

「我們的角。」月之舞親切的為你們補充，「親愛的大師，您還好嗎？看來魔法消失讓您遭受不小的壓力。現在鎮上有傳聞說，魔法界裡有生

物要求您請辭以示負責，真是太殘酷了！」

丁布比無奈的聳聳肩，「我擔任魔法界的領袖七十年了，每天都有生物要我『吃雞』……不對，那個詞是什麼？啊！應該是『辭職』才對。」

「七十年？您一定累壞了。請讓我為您製作一杯清爽無負擔的彩虹奶昔。」月之舞用魔法憑空變出一杯飲料。

丁布比搖搖手把杯子揮開，咻的一聲，飲料被傳送到你手中。

月之舞溫柔的說：「彩虹奶昔很美麗，但是很快就會融化，請盡速享用。」

你拿起吸管啜飲了一口，豐富且有層次的味道讓你的味蕾快要爆炸了！

奇妙的是，這杯奶昔喝起來的味道在你意料之中，所以完全不排斥。

「丁布比大師，我們來幫忙調查魔法消失的原因，請你務必坦誠說出和案情有關的線索。」克勞斯說。

「沒問題。我不只會施展讓人變透明的隱身魔法，對任何調查也非常公開透明。」他微笑著摸摸長鬍子，對自己說的話感到很滿意。

「那麼，你應該不介意帶我們去犯罪現場看看吧？」

「當然！任何可能修復魔法的行動，我都不排斥。」丁布比說。

他引領你們穿過陰暗的長廊，你藉機觀察四周。石壁上刻著古老的象形文字和各種神祕的符號，壁龕擺放著精緻的工藝品與歷史古物，訪客似乎能從這些東西，一窺與魔法有關的傳說。

一陣隆隆聲劃破地底的寧靜，你感覺到腳底板傳來猛烈的震動，灰塵如雪片般從天花板飄落，又是一次有感地震。你嚇得往後退，幸好克勞斯伸手抵住你的背，你才沒有跌倒。

「發生了什麼事？」克勞斯問。

「是哥布林挖礦隊。」丁布比扶著牆壁，若無其事的站直身子。

「還真是公開透明啊！」月之舞低聲說道。

「那是什麼意思？」克勞斯滿腹疑問。

「沒事。」丁布比大師盯著獨角獸說：「我們現在要關注的問題是消失的『抹布』……呃，不對，是消失的『魔法』。」

「如果您的記憶力有問題，我可以教您一種緩解症狀的冥想。」月之舞說。

「我的『計算機』沒有任何問題！我是說……『記憶力』。啊！我們到了。」

你們站在一扇裝飾精美的大門前，丁布比總算鬆了一口氣。他試圖把門推開，可是它紋絲不動，克勞斯見狀，連忙上前幫他一把。

「謝謝。這扇門通常只要用魔法就能輕鬆打開，如今魔法路由器故障，導致我們對這種小事都束手無策。」

你們走進寬敞的圓形房間，正中央吊掛著一個巨大的金屬環，兩名小仙子一邊繞圈，一邊朝金屬環揮舞魔杖，但魔杖只能偶爾噴出一些零星的小火花。

「這就是魔法路由器，也就是魔法的來源嗎？」克勞斯也是第一次看到這個裝置，忍不住好奇的問。

「來源？」其中一名小仙子笑出聲，「不，魔法路由器只會接收並儲存魔法，再把這股能量傳送給需要的用戶。」

「究竟什麼是魔法的來源？」克勞斯問。

「呃……」兩名小仙子互相凝視，似乎在猶豫該怎麼回答。

「魔法的來源是很複雜的，難以解釋清楚。」丁布比大師插嘴道：「總之，它和大地的龍脈有關。」

「包心菜，這個說法是不是滿合理的？」身材圓潤的小仙子詢問他的同伴。

「沒錯，小苔蘚。」另一名纖瘦的小仙子回答：「魔法路由器通常儲存了六千萬瓦茲的魔法，來源是……」

丁布比用力咳了一聲。

「什麼是龍脈？」克勞斯鍥而不捨的追問。

「我會把它想像成地球上的魔法能量場。」包心菜試圖解釋給克勞斯聽。

小苔蘚皺了皺鼻子，說：「由於鎮上要舉辦魔法博覽會，魔法使用量想必會大增，因此我們調高了魔法路由器的儲存上限，大約是一百萬兆瓦茲的魔法！」

「這是非常強大的能量。」包心菜補充。

「沒錯，足以把太陽變成三明治！現在它卻不見了。」小苔蘚憂心忡忡的說。

「竊賊偷走魔法後，要把它藏在哪裡呢？」

「很簡單，魔法傳導棒。」

「魔法傳導棒又是什麼？」今天的調查過程出現許多克勞斯初次聽到的名詞，因此他不停提出問題。

包心菜揮動手中的魔杖，而它毫無反應。「通常是一支魔杖，也可能是任何物品。」他指了指丁布比的大木杖。

「或者是獨角獸的角。」小苔蘚意有所指的補充。

月之舞輕輕哼了一聲，表達牠的不認同。

「這個房間平常有生物看守嗎？」

「沒有，不過大門會拴上三道鎖。」小苔蘚回答。

「其實上鎖也沒用，畢竟這種東西對大部分會使用魔法的生物來說，只是個裝飾品。」包心菜搖搖頭。

丁布比懊惱的說：「我們應該請保全看守魔法路由器才對，看來太久沒發生這種意外，讓所有生物都鬆懈了。」

小苔蘚舉起手說：「我在上一份檢討報告裡有提醒過這個問題。」

「大家總喜歡在事後『放牛後炮』……抱歉，我要說的是『放馬後炮』。」丁布比拍拍額頭，繼續說：「另外，從這起竊案中可以發現，伊妮德顛覆常理的功力似乎大幅提升。」

「你也覺得是她做的？」克勞斯揚眉問道。

「我想不出還有誰會做出這種事。」丁布比回答。

「沒錯，伊妮德向來都是麻煩人物。」包心菜點頭贊同。

「身為一個企圖稱霸世界的邪惡女巫，她製造混亂的能力實在毋庸置疑。」丁布比說。

「你們的看法呢？」克勞斯轉身問那兩名小仙子，「你們也覺得伊妮德是幕後黑手嗎？」

他們倆互看一眼，低頭思考這個問題。

「任何生物都有機會。」小苔蘚若有所思的摸摸下巴，「只要對魔法有一定程度的了解，而且無法克制對權力的欲望，就可能失去理智。」

「為什麼預設魔法絕對是被偷走的呢？」月之舞突然插嘴道：「也許這起事件是一場意外。」

「這個可能性很低。」小苔蘚反駁。

「我想我們還是不能排除這個可能性。」月之舞仍舊堅持牠的論點。

包心菜向大家說：「不論是誰偷走魔法，我們都得取得竊賊的魔法傳導棒。只要成功拿到它，就可以讓魔法路由器馬上重新啟動，恢復正常運作。」

不知為何，他傾身向前，用其他生物聽不見的音量在你耳邊悄聲說：「一旦你拿到魔法傳導棒，就必須舉起它，然後說：

煉藥鍋冒泡泡，
熊熊火狂燃燒，
魔法速速復原！

你趕緊把咒語記下來，當你寫下最後一個字時，地震又發生了。魔法路由器彷彿巨大的鐘擺開始左右晃動，你低頭閃避，卻發現地面突然裂開，一道裂縫在屋內急速擴散。你拚命抓住任何觸手可及的物體，以免掉進裡面。

你空出一隻手摀住眼睛，防止灰塵跑進去。一個震耳欲聾的聲音從地底傳出，你全身的骨頭也跟著震動。

「抱歉，現在是緊急狀況，我必須請所有非魔法界的成員立刻離開！」丁布比說：「這裡實在是太『威脅』……不，我的意思是太『危險』了！」

他帶著你和雪怪快步走出房間來到電梯口，並把門打開。

克勞斯毫不遲疑的走進去，「我很高興能離開這裡。」

「祝你們順利找到那個賊。」丁布比對你們點頭致意。

電梯快速上升，你緊抓扶手以保持平衡。過了好一陣子，電梯終於抵達地面，克勞斯把門打開，你貪婪的大口呼吸新鮮空氣。對於能夠再次看到陽光，你感到無比幸福，然而一個陰影突然籠罩在你身上。

「哈囉！索斯塔。」艾芬娜·瑞瑪洛踩著高蹺，低頭盯著你和雪怪。「哈！看來你們找到進入魔法界總部的方法了。」

「是的。」克勞斯深吸一口氣，等著挨罵。

你已經做好被他們疲勞轟炸的心理準備，艾芬娜卻露出微笑。

「很好！弗蘭肯芬不斷向警隊施壓，要求我們盡快破案，可是警員們光是處理地震所造成的災害就已經忙不過來了。目前只剩一半的警力可以調查這件案子，實在令我傷透腦筋……沒想到達卡警長休假的這一週會發生那麼多事情！索斯塔，我現在非常需要你的協助。」

「我們很高興能和異象警隊合作，共同偵辦這次的魔法失竊案，對嗎？」克勞斯向你使了個眼色。

你點點頭，把筆記本交給艾芬娜，讓她了解你們的進展。

「根據目前蒐集到的線索，尚無法排除任何生物涉案的可能性。」克勞斯說：「包括你的母親珊德拉，以及熟知魔法運作的父親奈傑爾。」

「我必須鄭重聲明，我母親和我們一樣希望能盡快破案。至於我父親……他只關心愚蠢的精靈王加冕儀式，不斷宣稱自己是艾爾隆大王的最後遺族……」她嘆了一口氣說：「我很愛他，只是他的個性冥頑不靈，根本無法溝通。我已經告訴過弗蘭肯芬，我父親絕對不可能涉入這件案子。」

克勞斯微微沉吟，沒有打斷她的話。

「我很佩服你們做了這麼多調查，不過就我所知，目前所有的矛頭都指向邪惡女巫伊妮德。」

克勞斯沒好氣的說：「每個生物都這麼說，但是證據在哪裡？這個結論只是大家的臆測罷了。」

「拜託！伊妮德已經失蹤了好幾個小時，她絕對知道自己被列為頭號嫌疑犯，假如她確實是無辜的，為什麼選擇銷聲匿跡，而不是向大家解釋清楚？」

「伊妮德的行為的確很可疑，況且我們也沒有實際見到本尊……其實我不確定自己有沒有見過她，畢竟她可是能夠隨意變換外貌的邪惡女巫，實在很難掌握她的行蹤。」

艾芬娜小心翼翼的環顧四周後，壓低音量說：「偷偷告訴你們，其實我接到一則密報，伊妮德將在一個半小時後召開祕密會議，地點是『布羅克利傑克酒吧』樓上的一個房間，這或許是唯一能夠逮到她的機會！我本來要親自出馬，弗蘭肯芬卻堅持要我出席他的記者會……那個人類市長顯然重視營造積極破案的形象，大於實際付出行動。」

「好，我們會去調查那個祕密會議。」克勞斯承諾。

「謝謝。我相信只要你再多蒐集一些關於伊妮德的情報，就能更接近案件的真相，也可以證明我父母是清白的。」艾芬娜藉機勸說。

你們的談話被樹林裡的一陣呼喊聲打斷。

「愛抱抱先生！愛抱抱先生！」

你回過頭，看到那名身穿白點洋裝、手握牽繩的小女孩再次出現。

艾芬娜皺著眉說：「看來那個女孩還在找她的寵物，她已經找好幾個小時了！你們知道這片樹林潛伏著哪些生物吧？如果不小

心，她的生命也會有危險。」

她把筆記本還給你，你和克勞斯一起離開公園。他大步往前走，你則不斷回頭望著小女孩。你注意到她的手上提著一個籃子，裡面的毛毯被燻黑了一塊。你總覺得哪裡不對勁，卻始終說不上來。

現在，你該怎麼做呢？

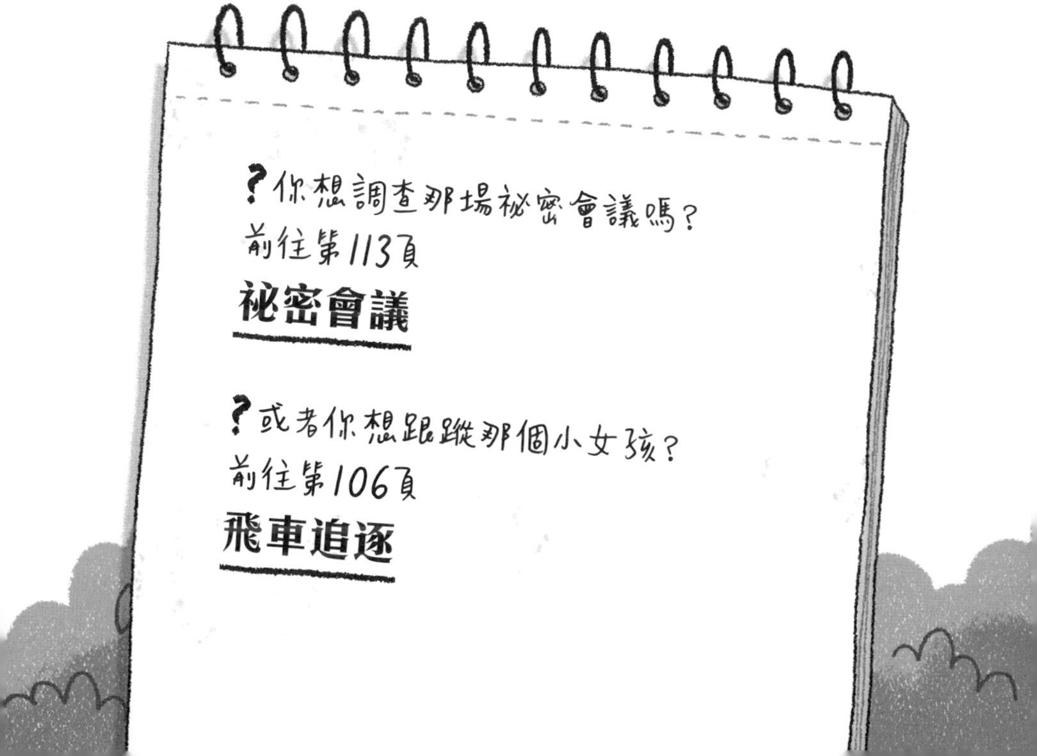

?你想調查那場祕密會議嗎?
前往第113頁
祕密會議
?或者你想跟蹤那個小女孩?
前往第106頁
飛車追逐

沒有出口

你失速狠狠衝進布羅克利傑克酒吧的樓梯間，險些滾下去，幸好及時抓住了扶手。你站直身子，匆匆往樓下走去，心裡納悶著那個看似嬌弱的小女孩為什麼能跑得這麼快。樓梯間的牆上貼滿了海報，預告著樓上劇院即將推出的表演，包括「巨龍」餵食秀、「不可思議大帝」魔術表演、「喪屍小丑」默劇……當你來到樓梯最底層，四周已經伸手不見五指，你彷彿失明般，什麼也看不見。你跟蹤的可疑小女孩，早已不知去向。

你在黑暗中伸出手胡亂摸索，碰到了一扇門，門後是一個以石柱支撐的寬廣大廳，裡頭殘破不堪，必須用油漆重新粉刷才能勉強見人。燭火映照在布滿裂縫的牆壁上，從天花板垂下來的彩旗已全部褪色。

突然，大廳盡頭出現兩道身影，你趕緊躲到石柱後面。隨著黑影步步逼近，你發現其中一個是身材圓潤的矮個子精靈，另一個則是頂著一頭鳥窩般的亂髮、身穿實驗袍、胸前掛著粗金鍊的人類。

「聽著！弗蘭肯芬，你可以對我太太和女兒發號施令，但我不是你的下屬，我愛做什麼就做什麼！」

「奈傑爾、奈傑爾……」弗蘭肯芬一反過往高傲的姿態，試著安撫道：「我沒有對你發號施令，只是想請你延後加冕儀式，以免和更要緊的事情撞期。我沒辦法要求所有精靈到這裡集合，因為他們得去參加魔法博覽會的開幕典禮。身為市議會的特約維修精靈，你應該比任何生物更清楚這場典禮的重要性，而且你可以從中大賺一筆呢！」

「關於這次的合作案，我已經在電話裡說過，我不太滿意你提出的報酬。」畢竟是商人，奈傑爾的算盤打得可精了。

弗蘭肯芬逐漸失去耐心，開始恢復他一向的傲慢態度，冷冷的說：「奈傑爾・瑞瑪洛，你不願接下這樁生意也無妨，我有的是替代方案。等我在開幕典禮宣布這個重大的消息，新事業絕對會揚名全球，到時候你可別後悔！今天立足避風鎮，明日稱霸全世界！你和我將共同寫下歷史新頁，難道你一點都不興奮嗎？」

「你總想把自己的名聲搞大，選上夜間市長還無法滿足你的野心嗎？」奈傑爾皺著眉說。

「別跟我說你準備自立為王，卻不想揚名立萬喔！」弗蘭肯芬嘲諷道：「你真的要加冕自己為精靈王嗎？實在是太荒謬了！這場宮廷劇的靈感到底是從哪裡冒出來的？」

奈傑爾抬頭挺胸

的說：「我這麼做不是為了自己，而是想把整個精靈族團結起來，號召大家爭取應有的權益！」

「就像艾爾隆一樣？」弗蘭肯芬反諷道。

「這個嘛……也不全然相同啦！」奈傑爾反駁。

弗蘭肯芬冷冷的說：「你儘管狡辯吧！我的手下早已深入進行調查，所以偉大的精靈王艾爾隆做過什麼好事，我可是一清二楚，這也讓我不禁懷疑你是否涉入魔法失竊案。」

「你好大的膽子！」奈傑爾氣得漲紅了臉，掏出一根紫色的長羽毛直指弗蘭肯芬的眉心。「現在魔法消失，算你走運！」

「你竟敢威脅現任夜間市長！」儘管弗蘭肯芬氣得叫囂，仍害怕的躲開那根帶有攻擊性的長羽毛。

兩名男子分別舉起拳頭和羽毛，目光緊盯著對方不放，局面劍拔弩張。你專心聆聽他們的對話，試著把所有值得記錄的線索寫下來。在剛才蒐集到的情報中，你對於精靈王艾爾隆做了什麼豐功偉業最感好奇，畢竟弗蘭肯芬居然因此懷疑奈傑爾偷走了魔法。

「那是很久以前的事了，別用這種薄弱的理由來誣陷我！」奈傑爾憤怒的朝弗蘭肯芬大吼：「你才在暗地裡計畫著什麼見不得人的陰謀吧？我很清楚你需要多少魔法能量才能順利舉行開幕典禮，如果你為了一己私利而委託某人偷走魔法，我絕對不會放過你！」

弗蘭肯芬嗤之以鼻的大笑，「別隨便栽贓給我！我向來行事光明磊落，不會耍這種小手段。你冷靜想一想，如果你願意參與這場交易，很快就能從中獲得極大的好處。這個劃時代的創舉不僅能讓避風鎮舉世聞名，我倆也會因此名利雙收，你還是盡快取消那可笑的王室家家酒吧！」

「可笑？我受夠你了，弗蘭肯芬！」奈傑爾暴跳如雷，氣得臉色發紫。「不論你怎麼說，我今晚都要舉行加冕儀式。我是艾爾隆的繼承者，精靈族將會聚集在這裡，慶祝我成為尊貴的新任精靈王，幫助大家討回長久以來被其他族類踐踏的尊嚴和地位！」

眼見奈傑爾心意已決，夜間市長弗蘭肯芬只能掏出手帕擦擦臉上的汗水，悻悻然的從舞臺旁的小門離去。

你現在也該離開了。

你摸黑跑上樓，心臟隨著快步奔跑而怦怦跳。你思索著剛才看見的情形，揣測弗蘭肯芬和奈傑爾進行了何種交易。弗蘭肯芬提到的新事業是什麼？他們之中是否有一方得為消失的魔法負責？

你的腦袋裡充滿著各種想法、問題和疑慮。你必須回去找克勞斯，和他分享你的發現，以及調整調查計畫。

飛車追逐

「一個小女孩在暗影區獨自到處亂跑，的確十分可疑。」克勞斯想了想，對你說：「或許事情不如我們想得複雜，總之先去和她聊聊吧！」

自從你們開始跟蹤小女孩，她便逐漸加快腳步，速度快得令人訝異。儘管你們不動聲色的跟著她，可是從她的反應看來，她似乎已經察覺到了。

發現跟不上之後，克勞斯只好朝小女孩大喊：「不好意思！我們只是想跟你說幾句話，可以請你停下來嗎？」

克勞斯邁開足以撼動大地的雪怪大腳往前跑，你只能勉強的跟在後面。小女孩跑到路上，一溜煙跳進在路邊等候的計程車。克勞斯連忙吹了一聲口哨召喚華生，盡忠職守的華生立刻逆向駛進一條單行道，接著在某個路口緊急迴轉，加速馬力衝到你們面前。

「走吧！我們還追得上她。」

不過你忽然停下腳步，把注意力放在地上。原來小女孩的牽繩掉在馬路，繩子的末端繫著項圈，上面掛了一個刻著「愛抱抱先生」的金屬名牌，名牌的背面有英文字母縮寫「E. N. D.」，你順手把它扔進包包裡。

「趕快！」克勞斯催促著。

你連忙跳進已打開車門的副駕駛座，車子發出震耳欲聾的引擎聲，你們上路了！華生熱愛飛車追逐任務，你本來也以為自己會很享受這種刺激的體驗，然而實際經歷過之後，你發現這遠比電影特技場景更驚險。

你繫上安全帶，車子突然往右急轉，克勞斯猛踩煞車，試圖讓華生減速，只是華生處於過度興奮的狀態，完全失去控制。

「希望我追上她的時候，身體的每個部位都還

完好無缺。」克勞斯緊張的握著方向盤。

華生沉浸在追捕獵物的樂趣，興奮的在車潮亂竄，結果引起一輛警車的注意。它立刻朝你們開過來，同時大聲鳴笛，示意你們靠邊停車。更糟的是，你發現那不是異象警隊的警車……現在該如何向人類警察解釋，這臺暴衝的車原本是一隻狗，而你們正在追捕一個可能有助於破解魔法失竊案的可疑小女孩？

華生的瘋狂駕駛在此刻

正好派上用場，牠輕鬆甩掉人類警車，快速鑽進比平常更混亂的暗影區。你從未見過這麼多的女巫和巫師同時出現在一個地方。沒有魔法的幫助，他們通通被迫用雙腳走路，看起來對此非常不滿。有些女巫將掃帚插在腳踏車後面，試著靠普通工具移動，可是她們完全不知道怎麼操作，只能一直在原地打轉。

那輛計程車在布羅克利傑克酒吧外停了下來，小女孩下車後立刻衝進裡面。

「這裡是邪惡聯盟即將舉行祕密會議的地方。」克勞斯皺著眉問：「一個可愛的人類小女孩，為什麼要來這個聚集了危險人士的場所呢？」

你和克勞斯趕緊下車去追她，經過吧檯的時候，克勞斯抽空對認識的調酒師揮了揮手，打聲招呼。你兩步做一步的衝上樓，急匆匆的穿過一群和你們朝反方向前進的女巫和巫師，只見他們火冒三丈的從某個房間裡湧出來，鬧哄哄的走下樓，顯然是不歡而散。

「簡直一團亂！」一名老巫師說：「我們只是想要迎接世界末日，這個要求應該不過分吧？」

「就是說啊！現在女主角鬧失蹤，誰想坐在那裡聽一隻猴子大放厥詞？我可沒興趣，還是趕快離開吧！」

「我要考慮全面退出邪惡聯盟了。」

一名女巫悵然若失的說。

她的同伴安撫道：「先別衝動，等你最愛的伊妮德出現了再決定吧！」

「真希望伊妮德能盡快現身，告訴我們究竟發生了什麼事。」

你們艱難的在群眾裡逆行而上，費了一番功夫才順利擠進房間。你環顧四周，卻沒有發現小女孩的蹤影。

一隻戴著禮帽的猴子站在舞臺上，對著急於散場的大家高聲大喊：「請各位留步！即使伊妮德不在這裡，仍有許多事情值得討論。接下來，我將說明此次的顛覆行動……」

克勞斯轉過頭對你說：「這不是一個人類小女孩會意外闖入的場合，畢竟這裡擠滿了計畫控制世界的邪惡分子。事情不太對勁，我們必須找出問題所在。她肯定走進了其中一扇門。」

他指著你們面前的兩扇門，上面分別寫著「沒有出口」和「沒有入口」。

「我們各自挑一道門。」克勞斯催促道：「動作快！你要選哪一個？」

?你想選擇標示「沒有出口」的門嗎？
前往第100頁

沒有出口

?或者你想選擇標示「沒有入口」的門？
前往第123頁

沒有入口

祕密會議

你和克勞斯曾多次造訪布羅克利傑克酒吧，因此對它很熟悉。該建築的一樓是破爛的酒吧，窗簾沾滿灰塵，地板黏膩不堪，幾乎不會有人類願意光顧。酒吧上方是暗影區最酷的劇院，表演節目包括怪獸摔角、喪屍小丑無腦脫口秀、幽靈諧星默劇……所有最不可思議的現場演出絕對都可以在這裡找到。今天下午，邪惡聯盟預約了這個場地舉行祕密會議。

你們抵達時，一個手拿簽到簿的女巫站在門邊。

「哈囉！親愛的，你們是來參加邪惡聯盟的祕密會議嗎？」

「當然。」克勞斯順勢回答。

「在讓你們進去之前，我必須先確認，兩位都是意圖顛覆社會秩序、渴望破壞世界和平的邪惡魔法註冊用戶嗎？」

那名女巫照本宣科的念了一長串邪惡聯盟的入會守則後，停下來等待你們回應。

「呃……」克勞斯望了你一眼，有點心虛的回答：「是的。」

女巫在簿子上的方格裡打了一個勾。「你們可以進去了。」

進入房間後，你看到牆上貼了許多伊妮德的海報。她的黑色長髮披在肩上，遮住了半邊的臉，散發出一股詭異的氣息，她的追隨者們也不遑多讓。這裡的每位女巫和巫師個個有著油膩的頭髮、龜裂的皮膚、歪斜的牙齒，以及長滿疣的臉。他們一邊發出

粗啞刺耳的怒吼，一邊胡亂揮舞手中的魔杖，場面十分混亂。這些生物是邪惡世界中最邪惡的一群，正苦於無處宣洩怒火的焦躁中。你忽然覺得魔法消失是一件值得慶幸的事。

你望向前方，只見房間中央的小舞臺上放了一張木椅，身穿背心、頭戴禮帽的伊凡斯正

站在上面，牠伸長雙手，賣力的揮舞著手中的黑色枴杖，試圖引起群眾的注意。

「各位邪惡的女巫和巫師啊！」牠高聲說道：「相信大家都知道，我就是查爾斯．伊凡斯，是邪惡女巫伊妮德的親信，也是她最忠實的徒弟，可以請你們大喊一次『嘿呵』，為我歡呼嗎？」

牠竭盡所能的想要帶動現場的氣氛，底下的觀眾卻一點也不買單。

「閉嘴！我們都知道你是誰。」一位紅臉巫師大吼，他用枴杖敲擊地板，諷刺的說：「我們現在是來看手風琴表演的，對吧？祕密會議、占領世界根本不重要。」

「手風琴表演？噢！我明白了，你指的是猴子拉手風琴的街頭表演……好！非常幽默。」伊凡斯耐著性子說：「我想大家應該都曾聽聞，我原本是一名人類，後來被伊妮德變成……」

臺下的群眾噓聲一片，蓋過了牠的聲音。

「她在哪裡？」

「是她偷了魔法嗎？」

「這是她計畫中的一部分？」

「為什麼她避不見面？」

大家的情緒越來越激動了，伊凡斯慌張的舉起手，努力安撫這群不受控的女巫和巫師。

「聽著，我知道你們都無法接受魔法消失了，重度依賴魔法的我當然感同身受。你們先冷靜下來，我有一些令人興奮的消息要分享……哇喔！」

一顆番茄正中猴子的眉心，伊妮德的追隨者們瘋狂以水果飛彈掃射牠，腐爛的蘋果甚至擦過你的耳邊。所有生物紛紛湧上舞

臺，淹沒了伊凡斯，過了好一會兒，牠才從某位巫師的腳下爬了出來。

那隻猴子狼狽的從一件紫色的長袍下探出頭，視線正好和你們對上，於是趕緊朝你和克勞斯大喊：「救命！」

「跟我來。」克勞斯說。

他迅速帶著你和伊凡斯來到一扇鑲著星星的門前，你們溜進去後，克勞斯用力的抵住門。室內有一面繞滿燈泡的鏡子，原來是劇院的化妝間。

「這裡暫時是安全的。話說，外面的群眾還真是生氣啊！」

「他們簡直快要爆炸了。」伊凡斯無奈的說：「可是我能怎麼辦？我真的整天都沒見到伊妮德。」

「身為親信，你一定知道她有何打算。」

「我實在不清楚。」

門上響起拳頭重擊的聲音。「我們知道你在裡面，你這個沒用的靈長類動物！快點告訴我們她在哪裡！」

伊凡斯向你們哭訴：「這些惡棍威脅說要把我撕成碎片！他們只要伊妮德，而我是用來宣洩情緒的代罪苦猴。」

「有我在，沒人能把你撕成碎片。」克勞斯向牠保證。

敲門聲和吼叫聲越來越大，克勞斯的手緊握著門把，不讓他們破門而入，你看得出來他很吃力。

再僵持下去也不是辦法，克勞斯想了想後，對門外大聲喊道：「我現在要開門了，條件是你們不准動用私刑。」

「輕微的懲罰也不行嗎？」一名巫師問。

「不准使用暴力來解決問題！明白了嗎？」克勞斯彷彿一位快要失去耐心的小學老師。

「好吧！」門外的巫師終於妥協了。

克勞斯打開門，兩名女巫被身後的群眾推擠，踉踉蹌蹌的跌了進來。大家安靜的盯著那隻猴子，過了半晌，某位臉色泛紫的巫師率先打破沉默，「我們想要回我們的錢。」

一位紅髮女巫附和道：「對……慢著，什麼錢？這不是免費活動嗎？」

紫臉巫師回答：「活動是免費的，只是現在魔法消失了，我必須搭巴士才能抵達會場。」

克勞斯對女巫和巫師們誠摯的說：「雖然我和你們的立場不同，但都一樣迫切想找到伊妮德。她很有可能是這樁魔法失竊案的主謀，我們得盡快確認她的行蹤。若有誰知道她現在在哪裡，請立刻站出來告訴大家！」

「伊妮德失蹤很久了，我們從今天的咖啡早餐會報結束之後，就再也沒有見到她。」一名綠皮膚的女巫尖聲回應。

「我本來以為她會來這裡開會。」另一名女巫失望的說。

「我想聽聽有關『顛覆行動』的細節。」第三名女巫說。

伊凡斯好聲好氣的安撫道：「各位，我和你們一樣期待在邪惡女巫的帶領下顛覆現有的和平，可是這種事情是急不得的。請耐心等待，以我對伊妮德的了解，她肯定在計畫某個精采的邪惡行動……哇喔！」

一顆熟透的芒果砸中了牠的額頭。

牠再也顧不了形象，憤怒的大喊：「我看到是誰丟的！我要把你從今晚的『邪惡狂歡派對』名單中除名！」

「狂歡派對？」克勞斯問。

「那是魔法博覽會開幕典禮之前的酒會，我敢保證伊妮德絕對不會錯過。」牠擦拭著臉上的芒果汁。

「我不要繼續待在這裡聽廢話！」一位巫師怒吼。

「就是說啊！我們走吧！」另一位巫師轉身離開。

「請留步！」伊凡斯焦急的說：「我們仍有許多邪惡的計畫值得討論，例如我接下來要說明的顛覆行動……」

大家已經對猴子的話失去耐心，紛紛散去。當室內逐漸變得空曠時，你瞥見房間後方閃過一件白點洋裝，是那個神祕的小女孩！她躲在這群邪惡人士裡做什麼？你緩緩走向她，她卻馬上察覺並轉身離開。

這時，兩名女巫恰巧擠到你身邊，擋住了你追蹤小女孩的視線。你努力從她們中間擠出去，企圖追上小女孩，沒想到一個踉蹌跌倒了，因此發現地板上有一條牽繩。你把它撿起來，繩子上掛著名牌，一面刻著「愛抱抱先生」，一面刻著英文字母縮寫「E. N. D.」。

「看來，這起案子終於有進展了。」你抬頭看見克勞斯的臉上露出一抹別有深意的微笑。「她跑去哪裡了？」

小女孩消失的地方有兩道門，一扇標示著「沒有出口」，另一扇則是「沒有入口」。

「我們各選一道門分頭調查吧！」克勞斯提議。

你要選擇哪一個呢？

?你想進入寫著「沒有出口」的門嗎？

前往第100頁

沒有出口

?或者你想進入寫著「沒有入口」的門？

前往第123頁

沒有入口

沒有入口

標示「沒有入口」的那扇門後是一道蜿蜒向上的石頭階梯，你努力抬起雙腳，憑著意志力拚命往上爬。階梯盡頭是空曠的頂樓，周圍只有金屬欄杆，沒有小女孩的身影。

你湊近圍牆，趴在欄杆往下看，發現小女孩居然站在街道上。你懊惱的捶打欄杆，接著以迅雷不及掩耳的速度跑下樓。你衝到剛才小女孩所在的位置，對方早已消失無蹤。

這時，你注意到一件有意思的事——丁布比大師走進位於酒吧對面的診所。

不論是喉嚨痛的狼人、繃帶鬆開的木乃伊，或是中暑的雪怪，只要暗影區的居民有任何健康問題，都會向在地全科醫師艾瑞絲求助。

魔法界領袖為什麼會挑在這種危機時刻去看病呢？由於你和克勞斯分開行動，無法跟他討論下一步該怎麼做，因此只好選擇聽從直覺，追蹤任何可疑的線索。雖然你跟丟了小女孩，但眼前的景象或許會帶來意想不到的收穫。你來到診所前，恰巧碰上扁扁阿嬤帶著一群鬧哄哄的小哥布林來掛號。

扁扁阿嬤大喊：「你們這群小子，趕快進去！」

你趁亂走入診所，窩在候診區的一張椅子上。那群小哥布林不停打噴嚏，他們的旁邊有一個喪屍義交和一位臉色超級慘白的吸血鬼，丁布比大師坐在你對面，正在翻閱《魔杖時尚》雜誌。

「我能為您做什麼呢？」櫃臺接待員緩緩的詢問。她是一個頭戴羽毛帽、身穿花襯衫的幽靈。

你以為她在對你說話，一時間不知道該拿什麼理由來搪塞，幸好她其實在問扁扁阿嬤，你偷偷鬆了一口氣。

「我的孫子們一直打噴嚏。」

「您有預約嗎？」

「沒有。」扁扁阿嬤不耐煩的說：「如果醫師不能馬上治療他們，整個候診區

將會充滿哥布林的鼻涕。」

她說得有道理，那些小哥布林打從進門開始，噴嚏就沒停過，其中一位甚至跟著鼻涕一起黏到了天花板的吊扇上。你用雜誌遮擋四處飛濺的噴嚏雨，順便避開櫃臺接待員投來的銳利目光。

「不好意思，請您稍候片刻。」她轉過身說：「丁布比大師，您現在可以進去了。」

「謝謝。」老巫師把雜誌放回桌上，仰賴枴杖撐住全身的重量，顫巍巍的走向診間，你若無其事的跟上去。克勞斯曾傳授你跟蹤別人的方法：只要表現得越泰然自若，就越不會被注意。相反的，越是遮遮掩掩，就越容易露出破綻。你跟在丁布比大師身後，努力忽略怦怦亂跳的心臟，盡量裝出自己是陪伴老巫師就診的親友，幸好周遭的生物都沒有起疑，丁布比也沒有注意到你緊跟在他飄逸的長袍之後。

你一踏進診療室，便立刻躲到一張桌子底下。

「嗨！艾瑞絲醫師。」丁布比說。

艾瑞絲醫師是個獨眼巨人，她從電腦螢幕前抬起頭、眨眨眼，彷彿在對老巫師拋媚眼。「您有什麼地方不舒服嗎？」

「這個嘛……其實狀況有點微妙。」丁布比似乎難以啟齒。

「這裡只有您和我，儘管放心的說。」艾瑞絲醫師鼓勵他。

「我最近說話時，老是把詞彙『搞砸』……唉！我是說『搞混』啦！」

「我明白了。」醫師點點頭，「您什麼時候開始出現這個症狀？」

丁布比苦惱的說：「我不記得了。我原本懷疑是自己念錯咒語的後果，可是應該不可能，畢竟現在沒有『麻吉』……呃，是沒有『魔法』啦！」

「請問您今年幾歲？」

「兩百一十二歲。」

艾瑞絲醫師驚呼一聲後說：「即便您是一位巫師，這個年齡仍令人訝異。您最近的症狀有沒有可能是工作壓力造成的呢？也許卸下重擔會讓您好轉一些。」

「退休？」丁布比不以為然的說：「我也希望這麼做，可是誰能接替我的位置呢？」

「我不知道，只是認為您應該把健康擺在第一位。我們現在快速的做個測試，請您看一眼這兩枝鉛筆。」她舉起一枝藍色和一枝紅色的鉛筆，然後把紅色鉛筆放在背後。

「我剛剛拿走哪種顏色的鉛筆？」

「顏色？我沒有注意到它們的顏色。」丁布比大師一臉茫然。

醫師再次將兩枝鉛筆放在丁布比的面前，讓他注視好一陣子，才把藍色鉛筆放到

身後。「這次，我拿走什麼顏色的鉛筆？」

「可惡！我又忘了注意顏色，是綠色嗎？」

艾瑞絲醫師輕嘆了一口氣，說：「我最好幫您轉診到專科醫院。我必須很嚴肅的告訴您，您得正視自己的病情！我擔心狀況可能會急速惡化，到時就不只是搞混詞彙而已了。」

突然，診間開始劇烈搖晃，又發生地震了。你躲藏的那張桌子上有一張裱框的證書，被震得摔碎在地。

「避風鎮到底發生了什麼事？」艾瑞絲醫師驚恐的說：「今天已經有好幾次地震了……」

這時，一群瘋狂的小哥布林衝進了診療室。

身為幽靈的櫃臺接待員飄在小哥布林身後，一臉愧疚的說：「很抱歉，醫師。我阻止不了他們。」

三名小哥布林同時打了個大噴嚏，鼻涕飛進了艾瑞絲醫師的獨眼裡。儘管你覺得無辜受波及的醫師很可憐，仍忍不住慶幸那群小屁孩做出這個噁心的舉動，讓你有機會逃離診間。你一回到馬路，便聽見宛如狗吠的引擎聲，是華生。

華生載你回辦公室的途中，你拿出筆記本，檢視自己寫下的各種線索。你剛才聽到醫師的診斷了，丁布比的情況似乎比想像中更嚴重。你不禁懷疑，會不會是他不小心從魔法路由器中取走魔法，自己卻渾然不覺？難道老巫師就是造成這場災難的罪魁禍首？不論真相為何，你都必須回去找克勞斯。

?前往第130頁
潛伏的噴火龍

潛伏的噴火龍

辦公室瀰漫著一股令人難以忍受的熱氣，渾身溼漉漉的克勞斯彷彿剛沖完澡，只是他身上散發出來的氣味可不是這麼一回事。

「現在這溫度是怎麼回事？早上的天氣明明還很舒適！」他隨手抓起一張報紙擦乾臉上的汗水，然後丟進垃圾桶裡。「我需要吃點東西。」

克勞斯從一個口袋裡掏出半截三明治，再從另一個口袋找出一小包胡椒粉。他在三明治上灑滿胡椒粉，狼吞虎嚥的吃下肚。你趁著空檔把剛才的所見所聞全都告訴他，而這似乎幫他恢復了一點活力，不過你看得出來，老闆並沒有把你的報告完全聽進去。

克勞斯苦著臉說：「抱歉，我熱到無法思考，希望你已經有頭緒了。」

老闆現在過度仰賴你，令你忐忑不安。他對你寄予厚望，你卻沒什麼把握。你回到座位，一邊盯著筆記本上的嫌疑犯名單，一邊回憶截至目前接觸過的生物。尚未破案之前，大家都有嫌疑，而且或多或少隱藏了一些祕密。當你專心思考每條線索之間的關聯時，地面再次傳來震動。

「注意！又有地震了。」克勞斯提醒。

你正想要穩住桌上的檯燈，辦公室的門忽然打開。女巫餐車的助手包特茲走了進來，他的每一步都造成地板劇烈晃動。

「抱——抱歉。」他低聲說。

「走開！你這個沒用的大塊頭。」女巫火娜拉・米可烏一邊說，一邊從後面把他擠到旁邊。

「你的辦公室本來就有這麼多樓梯嗎？」她的妹妹布莉姬抱怨道。

「沒錯，只不過這是你第一次靠自己的雙腳走上來。」克勞斯問：「你們想要做什麼？」

「我們只是想趁太遲之前，幫助你們破解這個案子。」火娜拉回答。

「太遲？這是什麼意思？」克勞斯抹去眉毛上的汗珠。

「你居然還不知道『貝蒂』的事情？」布莉姬吃驚的說：「虧你是個偵探。」

「誰是貝蒂？」克勞斯聽得一頭霧水。

「牠是避風鎮最高機密之一。」火娜拉難得認真的回答：「為了讓你明白找出竊賊的急迫性，我們得告訴你一些事情。」

「什麼事情？」克勞斯追問。

「你不覺得這些地震很奇怪嗎？」

「沒錯……你們有什麼話就直說吧！」悶熱的環境讓克勞斯的耐心迅速蒸發。

「冷靜點！貝蒂是一隻潛伏在這個城鎮地底的噴火龍。」布莉姬乾脆的揭曉答案。

「避風鎮底下有一隻噴火龍？」克勞斯驚訝的望著你，這個消息對你們來說是件大新聞。

火娜拉解釋道：「貝蒂從很久以前就存在了。龍和獨角獸、鳳凰這些魔法生物一樣，即使在睡眠時也會產生魔法，牠就是魔法路由器的動力來源，至今已有兩千年的歷史了。」

「難怪丁布比曾說，這一切都和『龍脈』有關。」克勞斯恍然大悟的說。

布莉姬插嘴道：「當然是因為地底躺著一隻龍，才叫做龍脈啊！」

「把城鎮蓋在龍的上面，不會很危險嗎？」克勞斯疑惑的問。

「這很正常，幾乎所有的大城市都建造在

某種巨大的魔法生物之上。只要讓牠們保持沉睡，就能擁有穩定的魔法來源，也能防止牠們四處攻擊人類。」

「為什麼牠不會醒來？」克勞斯問。

火娜拉自豪的抬高下巴回答：「這就是米可鳥家族的功勞了，我們代代相傳著一種能讓龍沉睡不醒的魔法藥水配方。如果沒有我們，這個城鎮早就被毀了！唯一麻煩的是必須持續供應藥水給貝蒂，然而現在魔法消失了，我們沒辦法製作新的藥水，所以……」

布莉姬急著插話：「這表示貝蒂將會醒來，而且越來越靠近地面！你們不好奇為什麼現在變得這麼熱嗎？」

這時，地面又突然傳來震動，彷彿呼應著女巫姐妹揭露的真相。

「獨角獸仍擁有魔法，或許可以請月之舞讓貝蒂再次沉睡。」克勞斯提議。

「恐怕行不通。獨角獸的彩虹奶昔太清爽，八成貝蒂還沒喝下去就蒸發了。」火娜拉搖搖頭。

「他應該和貝蒂聊聊如何冥想。」布莉姬大笑，「我們就有好戲可看了。」

克勞斯忽略布莉姬開的玩笑，嚴肅的說：「對了，丁布比曾提到，以前也有生物偷走魔法，你們知道內幕嗎？」

「喔！那是艾爾隆做的好事。」火娜拉說。

克勞斯和你交換了一個難以置信的眼神，問女巫：「你是指最後一位精靈王？奈傑爾不斷提起的那位偉大的祖先？」

雪怪拿起一臺電風扇，試圖用手指轉動葉片來製造涼風，結果徒勞無功。「艾爾隆偷了魔法？」他再次確認。

「是的，那件事在幾世紀前就落幕了。其實早在人類涉入魔法界之前，精靈便已經開始學習使用魔法，但大家只把精靈視為魔法的製造者和修復者，對他們予取予求卻不懂得尊重。當時，艾爾隆想為精靈族討回所有的魔法，作為對抗其他生物的武器。」火娜拉說。

「假如奈傑爾堅定的認為自己是他的直系子孫，難免會想繼承他的衣缽。」克勞斯思考後做出這個假設。

「奈傑爾不過是個笑話罷了。」布莉姬嗤之以鼻的說：「真正的麻煩人物是他的妻子。珊德拉．瑞瑪洛並不滿足於現在的成就，她總認為自己是掌控全局的地下市長，一心只想求表現來討好避風鎮的選民。她甚至想禁止邪惡聯盟在這次的魔法博覽會舉行咖啡早餐會報，這可是我們的權利吔！」
「權利？你們想破壞和平、毀滅世界，還妄想爭取什麼權利？」克勞斯不悅的吼著。
布莉姬傲慢的還嘴：「即便我們是邪惡人士，也仍保有集會自由！幸虧弗蘭肯芬懂得變通且握有實權，珊德拉．瑞瑪洛才沒能恣意妄為。」
「真有意思。」克勞斯問：「弗蘭肯芬和伊妮德處得不錯，是嗎？」
「弗蘭肯芬理解我們選擇貫徹邪惡的信念來生活，不代表他也是其中一員。」布莉姬．米可鳥難得發表如此中肯的言論。
「邪——邪惡。」包特茲結結巴巴的複誦。
火娜拉轉向你問：「你們打算怎麼找出那個賊？」
你突然想起《異常生物日報》有刊登關於魔法博覽會的報導，立刻抓起報紙，翻找印有活動導覽的版面。
「腦筋動得真快！」克勞斯稱讚道。他快速掃視一遍，找到了活動時刻表。你看看時鐘，有三項活動即將在十五分鐘後開始。
布莉姬也湊過來，她看了看時刻表，說：「假如是我負責偵辦這起竊案，我會家電能源皆為純淨且可更新的魔法。

舞的
冥想
作坊

啟發性的
月之舞，
索自我，
獨角獸！

18:00	奈傑爾·瑞瑪洛 加冕儀式	布羅克利傑克 酒吧
	邪惡聯盟 狂歡派對	避風鎮展覽中心 一樓
	月之舞 黃昏冥想	避風鎮展覽中心 二樓111室

先去弗蘭肯芬的記者會打聽消息。在我看來，這個案子絕對有內賊。弗蘭肯芬雖然不會半點魔法，腦袋裡卻充滿各種詭計，我聽說他計畫在開幕典禮公布一件事，而那件事需要很多魔法能量。」

「製造——怪——怪物！」包特茲激動的說。

「沒錯！」火娜拉用力拍了拍紫髮怪物的肩膀，「包特茲很期待弗蘭肯芬的最新發明。我一直提醒他，那個男人是為了自己才製造出惡煞梅塔。」

「他的一舉一動都是為了自身的利益。」布莉姬露出嫌惡的表情，說：「總之，我不想在這裡繼續浪費時間了，我們可是有計畫的。」

「你是指搞笑聯盟的邪惡計畫嗎？」她姐姐挖苦道。

「等伊妮德帶領我們統治世界後，你就笑不出來了！」布莉姬再也受不了自己的偶像被當作笑柄，她火冒三丈的大吼，衝出了辦公室，包特茲則像一隻乖巧聽話的寵物緊追在她身後。

火娜拉看著她離去的背影，在你耳邊低語：「我不信任布莉姬，她對邪惡聯盟過於忠誠，根本到了盲目追隨的境界。我不知道她現在要去哪裡，如果你認為伊妮德是竊案的幕後黑手，我建議你應該盯緊我妹妹。」

火娜拉說完後彈了一下手指，打算把自己變不見。她站在原地幾秒鐘後，才想起魔法尚未復原，只好尷尬的嘖了一聲，匆匆離開。

「我們現在有四個選擇。」克勞斯說：「未來的精靈王奈傑爾、邪惡女巫伊妮德、獨角獸月之舞，以及夜間市長弗蘭肯芬。你想去找誰？」

？你想去奈傑爾·瑞瑪洛的加冕儀式嗎？

前往第67頁

精靈王奈傑爾

？或者你想去看看伊妮德是否會出現在邪惡狂歡派對？

前往第178頁

天崩地裂的派對

？或者你想去找那隻獨角獸聊聊？

前往第152頁

月之舞的黃昏冥想

？或者是參加弗蘭肯芬的記者會？

前往第146頁

記者會

？或者你應該留意關於布莉姬的警告？現在還來得及追上她！

前往第140頁

第13號公車

第13號公車

「你要去跟蹤布莉姬．米可鳥？你確定？她甚至不在我的嫌疑犯名單上。」克勞斯不可置信的看著你，讓你忍不住懷疑自己的判斷。

他知道自己無法改變你的決定，便接著說：「我信任你，可是我認為最好不要把所有的雞蛋都放在同一個籃子裡，所以我會去參加記者會，稍後在避風鎮展覽中心碰面。」

你點點頭，以跑百米的速度衝到街上。人行道的裂縫中冒出滾燙的蒸氣，伴隨著陣陣低鳴。你突然感到一絲猶豫，現在不是單獨行動的時候，你卻冒險做出不理智的選擇。

你看到布莉姬搭上一輛雙層公車，火娜拉則帶著包特茲回到露營車旁。你的目標落單了，現在正是跟蹤她的好機會！

公車出發的鈴聲響起，駕駛發動車子往前開。你拔腿狂奔，緊追在後。

「嘿！注意看路，你這笨人類！」一個騎著獨輪車的小仙子為了閃避你，不得不硬轉車頭，差點翻車。

你忙著追公車，完全沒時間停下來道歉。那輛黑色雙層公車的車身後面標示著數字「13」，是暗影區居民專用的交通工具。避風鎮的人類若誤搭這臺車，很有可能從此人間蒸發。

然而你不一樣。這份工作改變了你，現在的你遠比自己所想的更勇敢，而且學會看準時機行動。你跑到公車旁猛力一蹬，跳上去緊緊抓住車尾的金屬欄杆，驚險的攀上車身。你搖搖晃晃的走進車廂，途中不小心穿過一個幽靈。以往你穿透幽靈時會感到惴惴不安，可是此刻的你因為腎上腺素分泌而渾身發熱，反倒意外享受那股冷到骨子裡的沁涼。

你抹了抹臉上的汗水，向那個被當作止汗劑的幽靈道歉，然後小心的走到公車上層。

你看到布莉姬坐在一個戴禮帽的矮小男子隔壁，他們身後的座位是空著的。

你謹慎的朝布莉姬走去，經過一個吸血鬼家庭身邊時，他們忽然全都轉過頭來緊盯著你，並發出可怕的嘶嘶聲。你知道他們肯定聞到了你身上散發的人血味。這時，一個喪屍把頭往後轉了一百八十度，朝你露出滿口黃牙和掉出眼眶的眼珠。你趕緊選了布莉姬附近的空位坐下，赫然發現她身旁坐的其實是一隻猴子。

布莉姬說：「伊凡斯先生，請告訴我伊妮德去哪裡了，我是她的頭號粉絲！」

「我知道。」那隻猴子客氣的回答：「可是很抱歉，我不清楚伊妮德的行蹤。我是她的親信，不是保母。」

布莉姬苦苦哀求道：「拜託嘛！你可以放心告訴我。是她偷走了魔法嗎？這是不是……你知道的……顛覆行動的一部分？」

「噓！」伊凡斯緊張的環顧四周，確保沒有生物聽到。你壓低身子，蜷縮在座位上，以免被發現。

「別在這裡提那件事！」牠低聲說道：「只要到時票數過半，就能全力執行計畫，但絕不能讓某些生物搶先得知消息。」

「弗蘭肯芬不敢擋我們的路。」布莉姬信心滿滿的說。

「我一點都不擔心他。自從伊妮德為他的競選活動贊助一大筆資金，他便完全被收買了。一旦魔法恢復，顛覆……那個行動會立刻展開。」伊凡斯發現自己不小心說溜嘴，於是輕拍了一下鼻尖。「計畫開始之後，大概只有丁布比算得上是我們的絆腳石。」

「他只不過是一個沒用的老人罷了。」布莉姬輕蔑的笑了一聲。

伊凡斯嚴肅的說：「輕忽丁布比，後果不堪設想。他可是掌握大權的魔法界領袖，而且向來與邪惡聯盟處於對立關係，一定會盡全力阻止我們。」

你剛才來到公車上層時，車上充滿竊竊私語的聲音和各種喊叫聲，此刻卻一片寂靜。你悄悄轉身往後看，發現吸血鬼家庭似乎換了位置，離你更近了。那名喪屍則繼續用力的把頭轉向你，以至於脖子上的皮膚充滿皺褶。

布莉姬說：「我敢打賭是伊妮德偷了魔法，這完全像她的作風！我就喜歡她不顧一切胡作非為，超帥氣！」

伊凡斯點頭附和道：「說得好。對了，你知道有句俗語是『每個偉大的女巫背後，都有一個最棒的親信』嗎？」

「我從來沒聽過。」布莉姬直接潑牠冷水。

伊凡斯一臉洩氣，語調變得低沉。「沒有生物能比我更懂得如何配合伊妮德，我們合作無間！你記得她上次把白天和黑夜顛倒過來嗎？」

「當然！那些可憐又困惑的吸血鬼……光看到他們的表情就值回票價了。」

伊凡斯自豪的說：「那次的咒語是我幫忙念的喔！伊妮德曾說我就像是她成功路上的墊腳石，幫助她順利達到目的。」

「少臭美了！」布莉姬暗想。

「避風鎮展覽中心到了！」司機大聲廣播：「參加魔法博覽會的乘客，請在本站下車。參加開幕典禮的乘客，請在下一站的暗影體育館下車。」

「我到站了。」伊凡斯說。

「我也是。」布莉姬準備起身。

幾乎所有公車上層的乘客都要下車，只有吸血鬼家庭仍一動也不動的坐在原位，你可不想單獨和他們留在這裡，於是趕緊跟著那群因車子晃動而跌倒、抱怨和咒罵的生物一起離開。當你踏上路面時，伊凡斯和布莉姬已不見蹤影。

避風鎮展覽中心的周圍擠滿了暗影區的居民，實在熱鬧非凡。你費力穿過群眾，總算進到室內。你必須和克勞斯會合，只是該去哪裡找他呢？

？你該前往月之舞的黃昏冥想嗎？

前往第152頁

月之舞的黃昏冥想

？或者該參加伊妮德的邪惡派對？

前往第178頁

天崩地裂的派對

記者會

記者會在市議會大樓外舉行，大批媒體湧入現場，似乎都非常關注這起魔法失竊案。在這群各有特色的生物裡，你發現《異常生物日報》的記者格雷琴．泡巴的身影。

踩著高蹺的艾芬娜．瑞瑪洛神情緊張的站在階

梯上的講臺，夜間市長弗蘭肯芬倚著另一個講臺。幾位工作人員站在後方待命，包括副市長珊德拉．瑞瑪洛，她一手拿著紀錄板，一手拿著印有條紋圖案的人氣指標棒。相機閃光燈此起彼落，臺下群眾不停拋出各種問題。

「我想請教夜間市長弗蘭肯芬！」格雷琴尖銳的嗓音壓過了所有生物，「有消息指出，近期頻繁的地震根本不是哥布林挖礦隊所造成，反而和我們

腳下正甦醒的巨龍有關。請問你對這則傳言有什麼看法？」

「恕我無法回答這種不實的謠言，魔法很快就會恢復……」

「是在我們被噴火龍燒成灰燼之前，還是之後？」格雷琴不客氣的打斷他。

你跟著克勞斯混入其中，然而你比他矮了大半截，無法全面看清四周的景物，於是你擠出去，在一旁的高處觀察。從目前的情況來看，顯然大部分的市民都不曾聽聞格雷琴爆出的噴火龍八卦。

「我們要完蛋了！」一個幽靈歇斯底里的大叫。

「你擔心什麼？你早就死了！」旁邊的狼人瞪了他一眼。

「冷靜！請大家保持冷靜！」眼見恐慌在群眾間蔓延，弗蘭肯芬只好安撫道：「我們的專家正如火如荼的解決問題，保證魔法一定會及時恢復，我也會如期在開幕典禮中發表最新的怪物計畫！」

「我們全都受夠了你的謊言！」格雷琴的話語如同她的音調般尖銳。「況且，根本沒有生物在乎你，或是你那愚蠢的怪物女友。」

「等你聽過我的怪物計畫再來發表評論吧！」弗蘭肯芬用力拍了一下講桌，惱怒的說：「我到時候肯定是全場的焦點！」

你把目光移到珊德拉．瑞瑪洛身上，她面無表情的聽著市長口出狂言。她的女兒艾芬娜不停左顧右盼，彷彿希望自己不在臺上。

「接下來，我想請教瑞瑪洛警官。」格雷琴忽然點到她的名字。艾芬娜吞了吞口水，緊緊抓著講臺的邊緣。

「魔法失竊案的調查進度如何？」格雷琴問：「沒有達卡警長坐鎮，相信應該不容易。」

「很抱歉，我不能公開討論偵查中的案件。我向各位保證，異象警隊和市議會正竭盡所能的解決眼前的困境。」儘管艾芬娜．瑞瑪洛努力保持專業的態度，仍無法掩飾她內心的激動。

「請問市長，你是否會擔心這場危機影響到自己的

人氣？」格雷琴問。

珊德拉手中的人氣指標棒突然發出砰的一聲，說道：「人氣指數20，可愛獨角獸動物園裡的放屁巨魔。」

格雷琴放聲大笑，你再次感受到那刺穿身心的痛苦。

「提問時間結束，謝謝。」弗蘭肯芬果斷的回答。

地面又開始震動，一幢建築的磚瓦如冰雹般掉落，嚇得群眾大聲尖叫。地震搖得越來越大，建築物似乎就要倒塌了。

弗蘭肯芬握著麥克風大吼：「記者會到此為止！請記得，今晚的開幕典禮照常舉行，我將揭曉……」

臺下爆發憤怒的吼叫，像是「告訴我們真相！」或「我們全都完蛋了！」，打斷了他的話。異象警隊的巨魔警員們擋住氣急敗壞的民眾，讓弗蘭肯芬安全的回到車上，珊德拉和艾芬娜則鑽進計程車迅速離開。

克勞斯想穿過大家追上去，可惜徒勞無功，反倒是身材嬌小的你靈活的擺脫了人潮。你趕上弗蘭肯芬，看見那隻戴著黑色帽子的海豹為他打開車門。

「謝謝你，朱利安。」弗蘭肯芬說。

「請問現在要去哪裡？市長先生。」

海豹問道。

他瞇起眼睛回答：「去避風鎮展覽中心，我要向那些愚民展現我造福城鎮的宏偉目標。」

「您真是偉大！市長先生。」

弗蘭肯芬的座車開走了。你連忙回頭去找克勞斯，他正站在華生旁邊，打開車門等著你。「你來啦！我們得趕快離開這個地方。」

你萬分同意。接下來，你應該請華生載你們去哪裡呢？

？你想跟蹤瑞瑪洛母女嗎？

前往第158頁

加冕儀式

？或者你想追查弗蘭肯芬？

前往第178頁

天崩地裂的派對

月之舞的黃昏冥想

月之舞的冥想工作坊位在避風鎮展覽中心的二樓。你在進去之前，先悄悄從窗戶觀察室內。月之舞站在講臺上，戴著一個附有擴音機的頭戴式麥克風，除了牠之外，還有兩名小仙子、一位人馬、一位羊男，以及許多無人使用的懶人椅。裡頭燈光昏暗，播放著舒緩的豎琴音樂。

「我要進去參加工作坊。」

你轉過頭，正好和彎下腰的克勞斯對上眼。你很高興他出現在這裡，畢竟獨自踏進這個玄妙的工作坊讓你有些不安。雖然你名義上是他的助手，卻常常覺得自己更像是他的夥伴。克勞斯在調查過程中擔任領導的角色，然而他總是把決定權交給你，是「你」選擇來到這裡。

克勞斯壓低聲音對你說：「我負責引起月之舞的注意，讓你趁機溜進去。記得留意四周，別放過任何線索！準備好了嗎？」

你點點頭，克勞斯用力推開門，以驚人的氣勢闖入。

「抱歉，我遲到了！路上大塞車，加上頻繁的地震……」

房間裡的所有生物全都呆愣的往這位破壞氣氛的不速之客望去。

「請脫掉鞋子，找一個你喜歡的懶人椅。」月之舞回神後平靜的說。

克勞斯誇張的回應：「我從不穿鞋！我很久以前試過一次，結果腳趾頭被磨得傷痕累累。噢！你應該看看我當時的傷口和水泡。」

月之舞保持沉著，耐心看著克勞斯跌跌撞撞的穿過房間，滑進懶人椅，途中還不小心被跪在地上的人馬絆倒。這場騷動是很好的掩護，你迅速溜進房間，繞到講臺後方，這裡比外面涼快多了。

「如果大家都就定位了……」月之舞再次開口，準備進入課程。

「拜託，請不要讓我做太費勁的動作，我已經滿身大汗了。」克勞斯故意甩出滿地的汗水。

月之舞忽視眼前的鬧劇，繼續說道：「接下來，我會為你們示範基本的冥想技巧，帶你們找到體內的獨角獸。」

「我不記得有吃過獨角獸。」克勞斯低頭望著自己的大肚子說。他使出渾身解數惹惱月之舞，好讓牠把注意力都放在自己身上。

這段期間，你在講臺後方四處搜索，發現了一個七彩的馬鞍包。你躡手躡腳的打開包包，拿出一本標示著「媒體剪報」的剪貼簿，裡面貼滿從報章雜誌剪下來、畫了重點的資料，包括月之舞的專訪、冥想課程的廣告，以及幾篇月之舞為《魔杖時尚》、《巫師週報》和《魔法郵報》等雜誌撰寫的專欄文章。

「傾聽你的呼吸，清空你的腦袋。」月之舞低吟著。

你快速瀏覽那些資料，大部分都是月之舞自吹自擂的內容，毫無參考價值。你的目光落在一篇由格雷琴．泡巴執筆的《異常生物日報》訪談報導，原來性格溫和的獨角獸對保守的魔法界高層頗有微詞。

你將那份剪報撕下來夾進你的筆記本，再小心把剪貼簿放回馬鞍包裡。

月之舞完全沉浸在牠的冥想課程中，「請跟著我複誦：我將全心全意追尋自己的目標，我會努力讓夢想成真。」

所有學員都乖乖跟著說了一遍。

格雷琴：為什麼你一直批評魔法界？

月之舞：我只是對他們始終保持神祕感到很遺憾。魔法應該要為各個生物所用，而非專屬於菁英分子的特權。

格雷琴：如果你身居丁布比大師之位，你會做什麼？

月之舞：可能是退休吧？哈哈！當然是開玩笑的。假如我是魔法界的領袖，一定會敞開大門，向普羅大眾分享，讓大家都有機會接觸魔法！

「我是世上最棒的獨角獸，我絕對不會讓我的粉絲失望。」月之舞輕笑了一聲，「這是我對自己說的。當然，你們也可以像我一樣放膽講出內心的抱負。」

你抬頭確認克勞斯的行動，他正繼續假裝配合月之舞。

「請各位換成跪姿，感受流淌於體內的獨角獸能量。現在，睜開雙眼，體會重獲新生的美好。」月之舞說。

室內燈光忽然亮起，嚇得你像觸電般跳起來。眼見情況危急，你趕緊繞到房間側邊。

「哇！這個課程真令人放鬆！」克勞斯誇張的打了個大呵欠，故意破壞氣氛，好讓月之舞忙著對他皺眉，沒時間注意你悄悄溜出門。你在門

外等候克勞斯，同時把心裡的想法寫下來。一會兒後，克勞斯步出房間，從你身後望著筆記本。

他說：「案情的發展越來越有趣了，而且我懷疑，真相從一開始就近在眼前，或許竊賊真的是那名邪惡女巫。你想聽聽我計畫如何追蹤她嗎？」

？如果你還沒有去過邪惡聯盟的狂歡派對，也許你應該先到那裡去找找伊妮德？

前往第178頁

天崩地裂的派對

？或者你想聽聽克勞斯說明如何追蹤伊妮德？

前往第166頁

好鼻車華生

加冕儀式

華生停在暗影區的布羅克利傑克酒吧外，它破舊的招牌上有一個戴著面具的強盜插圖，不時隨風晃動、嘎吱作響。你看到珊德拉和艾芬娜快步走進側門，那扇門上掛著「精靈王加冕儀式入口」的牌子。

克勞斯為你解釋：「這扇門通往布羅克利傑克酒吧的地下宴會廳，通常出租來舉辦生日派對或婚禮宴客。我猜，奈傑爾一定邀請了許多同胞見證這場加冕儀式。」

走下樓的途中，你原本預期聽到群眾興奮的吵雜聲，實際情況卻和你想得完全不一樣。當你和克勞斯抵達宴會廳，裡頭只傳

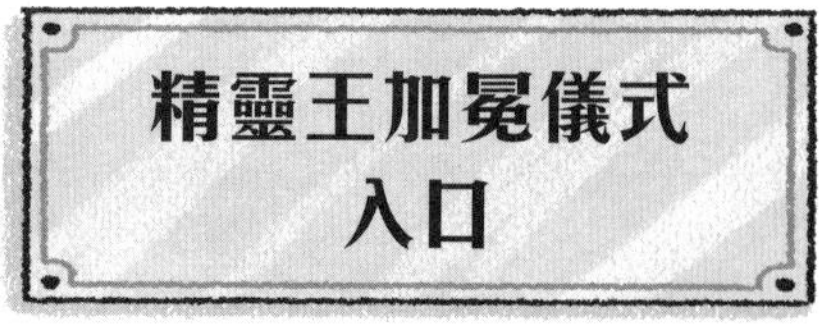

來三個生物說話的聲音。奈傑爾・瑞瑪洛和他的妻女站在舞臺上，大家爭論不休。奈傑爾身穿一襲華麗的皇家禮服，手中捧了一個放著金色皇冠和權杖的紅色絨布墊。艾芬娜穿著異象警隊的制服，手上拿著一頂小皇冠。珊德拉則是一身俐落的套裝，看起來十分生氣。

「我不明白……大家都去哪裡了？」奈傑爾似乎很失落。

「爸，拜託！避風鎮現在面臨的危機比加冕儀式重要多了。你忘了嗎？我們的腳下有一隻噴火龍正慢慢甦醒，而且沒有魔法可以控制局勢！」艾芬娜無奈的大吼。

「她說得對，大部分的精靈習慣事事依賴魔法，沒有了魔法，有些精靈甚至不知道該怎麼繫鞋帶呢！」珊德拉說。

奈傑爾低頭看了看自己的雙腳，恰好左腳的鞋帶鬆了。

「老實說……」珊德拉嘆了一口氣，蹲下來用力拉緊丈夫的鞋帶，痛得他哇哇大叫。

「不要吵！」她低聲說道。

「就算我叫破喉嚨也沒關係吧？」奈傑爾氣急敗壞的怒吼：「反正現在沒有任何精靈在場！」

「那麼，也許你可以停止這件荒謬的傻事了。」珊德拉幽幽的說。

「一點也不荒謬，這可是上天賜予我的權力！」奈傑爾斬釘截鐵的說：「親愛的，你一直都是我的女王。」

克勞斯把一隻手按在你的肩上，示意你不要輕舉妄動。你和雪怪待在宴會廳巨大廊柱下的陰影中，瑞瑪洛一家並沒有注意到你們。克勞斯經常提醒你，正面跟嫌疑犯交手，往往只能看見他們刻意表現出來的樣子；暗中觀察，才能挖掘對方不為人知的一面。

「爸，你知道我很愛你，可是媽說得對。更何況，沒有精靈觀禮，你根本不能自稱為王，甚至會成為大家的笑柄！」

奈傑爾固執的還嘴：「讓他們笑吧！精靈族需要一個偉大的王，需要能夠引以為傲的功績。」

「你白手起家創立自己的事業，應該以此為傲。」珊德拉提醒他，「而我努力爬到副市長的位置，艾芬娜也晉升為警官。」

「你們兩個必須服從人類的指揮！」奈傑爾氣憤難平。

「爸，達卡警長是牛頭怪。」艾芬娜解釋。

「我則是精靈王！」奈傑爾漲紅著臉咆哮：「我是為了所有精靈而登基，你們怎麼就不明白呢？等我坐上寶座，一定會努力奪回昔日的尊嚴和榮耀，讓其他生物再也不敢輕視我們，或者對我們予取予求！別忘了，世界上最先使用魔法的，是我們精靈族！」

「你說話的語氣變得像艾爾隆了。」珊德拉嚴肅的說。

「至少他把精靈族的利益擺在第一位。」奈傑爾往前走了幾步，轉過身來望著妻子。

「艾爾隆當時想要奪走所有的魔法。爸，現在你總該明白，為什麼你會被弗蘭肯芬列為嫌疑犯了吧？」

珊德拉柔聲勸導：「奈傑爾，親愛的……如果你真的在乎我們，請立刻停止加冕儀式，這實在太丟臉了。」

瑞瑪洛母女倆你一言我一句，反而讓奈傑爾更火大。「真抱歉讓你們失望了！沒想到最親近的家人居然以我為恥，甚至懷疑我是賊！」

「我們知道不是你做的。」珊德拉趕緊安撫他。

「絕對不是你，」艾芬娜的聲音聽起來有些不確定，「伊妮德始終是這宗竊案的頭號嫌疑犯。爸，即便如此，你還是得放棄這場加冕儀式。」

「拜託，親愛的，該是面對現實的時候了。」珊德拉．瑞瑪洛用一隻手環抱著丈夫，艾芬娜則蹲下來擁抱父母。躲在暗處的你撞見這溫馨的一幕，不禁感到有些難為情。

克勞斯倒是完全不受這種場面影響，他大步走出石柱下的陰影，讓精靈們知道你們的存在。踩著高蹺的艾芬娜已看見他迎面而來，此時你再繼續躲藏也沒意義，便跟著克勞斯走向他們。

「你想做什麼？索斯塔。」艾芬娜充滿戒心的問。

「和你想得一樣。我的助手和我正努力破解這個謎案，而調查結果引導我們來到此處。」

「你們在浪費時間，我丈夫是無辜的。」珊德拉堅定的說。

「沒錯。索斯塔，你們最好趕快離開。我知道你想幫忙，但我爸絕對不可能是犯人。」艾芬娜附和。

「也許吧？」克勞斯望了你一眼，「目前我還無法全盤掌握真相，不過我開始明白……」

你的腳底感受到一股強烈的震動，地震再次席捲而來。地面瞬間出現宛如傷口的裂縫，並且逐漸擴大。

「地板裂了！」克勞斯大吼：「大家快出去！」

宴會廳裡的廊柱前後晃動，灰塵和碎磚如暴雨般從天花板掉落。你跟著老闆低頭衝到出口，無暇顧及瑞瑪洛一家是否跟上。腳下的階梯正在崩塌，因此你下意識的抓住欄杆，結果一個尖刺深深插進大拇指，血腥味撲鼻而來，可是你只能暫時忍住疼痛，拚命的往上逃。克勞斯一跳到安全的路面，立刻轉身抓住你的衣領，把你

扔到華生身上。你跌進柔軟的椅墊，手裡緊握著筆記本。

「我們走！」克勞斯大吼。

華生立刻奉命狂奔。你從車裡的後視鏡看到裂縫已經蔓延到路面，華生發動引擎，急速倒車後猛然迴轉，直直往前衝。你們的世界正被撕成碎片，彷彿災難電影活生生在眼前上演。華生在路上不停左轉右閃，途中不小心在一個圓環路口駛錯方向，眼看就要掉入裂縫！你害怕的閉上眼睛，不敢面對接下來發生的事情。突然，華生費盡馬力來了個大轉彎，把在後座的你狠狠甩到另一側。你慌張的抓住安全帶準備繫上，華生卻在這時緊急煞車，讓你噴飛到前座。

克勞斯伸出一隻手，把你從前座置物箱

下方撈出來，然後輕拍方向盤。

「乖狗狗！」克勞斯欣慰的笑說：「不愧是我養過最優秀的警犬。你瞧牠現在把我們帶到哪裡了？」

你強忍著不適，抬頭望向車窗外，原來你們抵達了避風鎮展覽中心，這裡正是伊妮德舉辦邪惡狂歡派對的地方，也是月之舞冥想工作坊的所在之處。時間緊迫！現在該選擇哪一個呢？

?你想去狂歡派對嗎？

前往第178頁

天崩地裂的派對

?或者你想去見那隻獨角獸？

前往第152頁

月之舞的黃昏冥想

好鼻車華生

你和克勞斯回到車上。克勞斯在前座置物箱裡倒了一整袋狗餅乾，用來慰勞華生的表現，他趁著空檔，向你說明自己的計畫。

「華生被變成汽車之前，是一隻非常優秀的警犬，牠曾經擁有警界中最靈敏的鼻子。」

華生的喇叭響了一聲。

「抱歉。牠至今仍擁有警界中最靈敏的鼻子，也就是說，只要我們拿到屬於某人的物品，華生就可以循著氣味找到對方。」

你把手伸進包包裡，拿出那個小女孩遺落的牽繩。

「我就知道你有找到線索。」克勞斯微笑著表示讚許，「E.N.D.，伊妮德的縮寫！這個應該能派上用場。」

他走出車子，把牽繩放在引擎蓋上。華生嗅了嗅，立刻發動引擎，表示自己已有頭緒。克勞斯一上車，牠便迫不及待的往前衝。

克勞斯抓著方向盤，努力讓車子保持直行，只是華生正全神貫注的追蹤目標，完全不受控制。即便牽繩曾經過汽車無法行駛的地方，像是民宅花園、購物中心，或手扶梯，華生仍會沿著氣味義無反顧的輾過去。

你沿途向受驚的路人揮手致歉，當車子急停在「木乃伊快可洗」洗衣店外時，你才終於鬆了一口氣。

「她在這裡面嗎？」克勞斯問。

購物中心

手扶梯

民宅花園

華生藉由上下跳動來回應克勞斯，讓虛弱的你更想吐了。你趕緊跳出車外，雪怪也跟著下了車。

「在這裡等著。」他吩咐華生後，轉過來對你說：「我們得做好心理準備。伊妮德的法力本就不容小覷，萬一她掌握了避風鎮所有的魔法能量，讓我倆瞬間灰飛煙滅只是小菜一碟。」

克勞斯自以為幽默的輕笑了幾聲，可是你緊張得笑不出來。你走進洗衣店，看見兩個木乃伊正在摺被單，他們身上的繃帶顏色和被單幾乎一模一樣，簡直就像是自帶一層保護色。

他們認真工作，沒理會你和克勞斯，而那個提著籃子的小女孩一邊盯著你們，一邊露出甜美的微笑。

「你就是邪惡女巫伊妮德吧？」克勞斯直接切入正題。

「我從沒聽過這個名字吔！我只是一個普通的小女孩，我的名字是……呃……辛西亞。」她用稚嫩的童音回答。

「別裝蒜了。」克勞斯不吃小女孩那一套，「我知道是你，華生循著你牽繩上的味道，把我們帶來這裡。」

「華生？哈哈，牠還好嗎？」小女孩神情丕變，與稚嫩的外表形成強烈對比。她的目光越過你，望向窗戶朝華生揮了揮手。「真遺憾，蘇珊把牠變成了一輛汽車。聽說後來她因為被反彈的咒語擊中而成為露營車，是嗎？」

「現在可沒時間閒話家常！我們必須盡快讓那隻龍再度沉……」

克勞斯說到一半忽然停下來，原來是女孩的籃子裡冒出一團煙，一隻有著水汪汪大眼的小火龍從毯子底下探出頭，牠是你見過最可愛的動物。

「嗯……牠就是貝蒂嗎？比我想像中的小很多。」克勞斯疑惑的說。

「不，這是貝蒂的孫子，愛抱抱先生。」

「你把我弄糊塗了。首先，你為何要假扮成小女孩？」克勞斯努力釐清狀況。

「我只是想躲開熱情的瘋狂粉絲罷了。他們太可怕了，有些渴望被我變成其他生物，有些要求我在他們身上刻下閃電形狀的疤痕，有些甚至希望到我家參觀，真是夠了！」

「你的意思是，你為了躲開粉絲，選擇跟到處找你的執法單位和邪惡聯盟的成員避不見面？」克勞斯知道情況絕對沒有那麼單純。

伊妮德爽快的說：「當然還有其他因素。今天的咖啡早餐會報結束之後，我變身為小女孩出門蹓躂，等我回到佛利高塔，就發現愛抱抱先生逃跑了。當鎮上的魔法消失時，我正在外面四處找牠。」

「你去了哪些地方？」克勞斯問。

「我先去了嘲諷公園，可是愛抱抱先生不在那裡。接著，我跑到邪惡聯盟舉行祕密會議的地方，因為牠知道我們每次開會都會準備許多蛋糕和點心。愛抱抱先生最——喜歡檸檬糖霜蛋糕了，是不是啊？」她寵溺的磨蹭小火龍的鼻子，「只是會議裡也沒有牠的身影。最後，我想起牠喜歡窩在溫暖的毛巾堆，於是來這家洗衣店找到了牠。」

「也就是說，今天一整天都沒人見到你，是因為你忙著尋找小寵物？」克勞斯實在無法相信這個說法。

「沒錯，而且愛抱抱先生不是寵物，牠是我的親信。」

「我以為伊凡斯先生才是你的親信。」

「真希望我當初沒有用魔法奴役牠。」伊妮德忽然深深的嘆了一口氣，「牠真是忘恩負義。顛覆行動，哈！一旦我把愛抱抱先生訓練好，牠會是更優秀的親信。」

克勞斯揚起眉毛，「伊凡斯應該會很不高興。」

「沒錯。」伊妮德說：「這種小事已經無關緊要了。再過不久，所有生物就會見到愛抱抱先生的祖母，到時候大家都笑不出來了。啊！除了愛抱抱先生以外。」

地震再次發生，整間洗衣店都在晃動，地面出現一條巨大的裂縫。

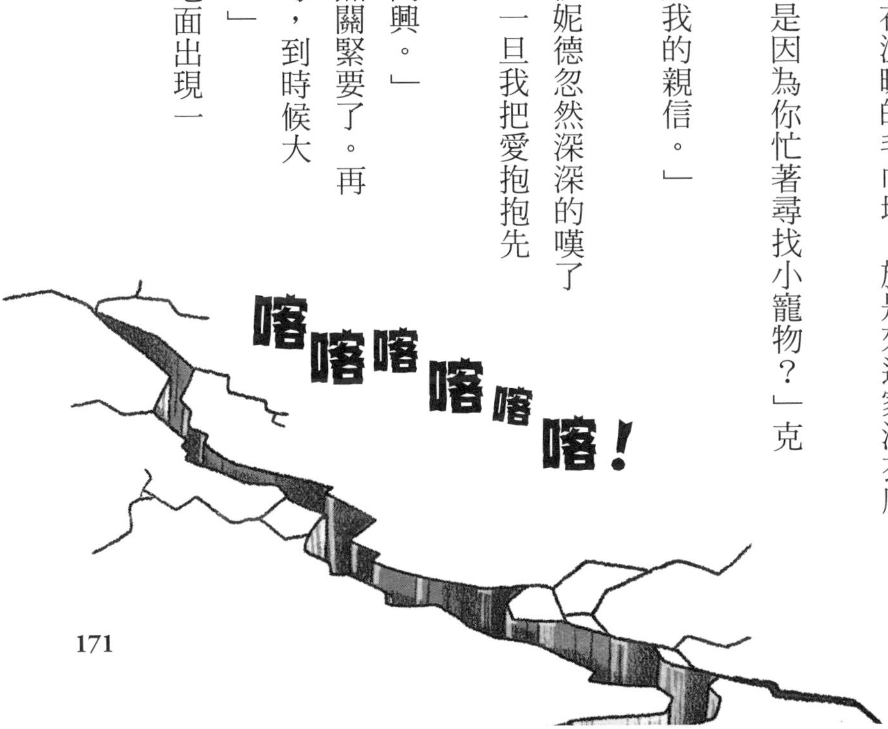

一扇窗戶因擠壓變形而碎裂，你趕緊摀住眼睛，防止玻璃碎片飛入。

「快！出去！」克勞斯催促。

你匆忙逃出洗衣店，完全無暇顧及伊妮德的安危。店裡的其中一名木乃伊不小心掉進裂縫，並在情急之下抓住另一名木乃伊身上的繃帶，以至於對方不停的在原地旋轉，繃帶一層又一層的被掀開。

「噴火龍醒來了！」克勞斯大叫：「我們必須……」

你沒聽到他最後說了什麼，因為你腳下的地面忽然裂開，而你失足滑進深不見底的地洞中。你的耳邊響起一聲撕心裂肺的尖叫，似乎是從你喉嚨裡發出來的。在這個驚險的時刻，你聽見地底傳來一陣隆隆巨響，你就快要看到那隻古老又巨大的生物了！

你仍在向下墜落，腦袋裡只有一個念頭：這就是我人生的終點嗎？

咻——咚隆！

你掉落在一個柔軟、有彈性的物體上。你驚魂未定的坐起身，張望著想知道自己身在何處。你尚未看清周遭的環境，腳下的地面便滑向一邊，即使你已努力站穩腳步，仍像是一位溜冰初學者，跌得東倒西歪。

四周傳來宛如雷鳴的聲響。一道紅光閃現，你看不出這道光芒來自何方，卻驚訝的發現自己居然在一隻巨大的金色眼睛上。突然，巨龍的濃密睫毛掃過，把你劇落到牠的眼皮。

你觸摸到的眼皮既堅硬又凹凸不平。牠身上的一切巨大無比，連毛孔都能讓你滅頂。

「你已經見過貝蒂了嗎？」

你的老闆爬上這隻龍的頭頂，看到他讓你頓時鬆了一口氣，但是另一聲低鳴提醒你，眼前的危機還沒解除。克勞斯抓住貝蒂鋸齒狀的耳朵往下滑，迅速來到你的身邊。

「貝蒂目前被困在好幾噸的土石之下，可是用不了多久，牠就能掙脫了。」克勞斯四處張望，尋找逃生出路。

巨龍張開大嘴，露出彷彿巨石的成排利齒。當牠垂頭低吼時，你可以從牠口中看見又長又粗的鮮紅舌頭。

克勞斯說：「我有辦法可以逃出這裡，不過你必須信任我。」

你當然信任你的老闆！你二話不說，跟著他爬向噴火龍冒著熱煙的鼻孔。

克勞斯把手伸進煙霧中，抓住一根從鼻孔裡露出來的鼻毛。他向你點頭示意，你了解他想要你照做。儘管你不怎麼願意，仍乖乖聽從老闆的指示。

「現在，用力拔！」

你不明白克勞斯的目的。此時，你抬頭看到了一個光點，那是天空。

你和克勞斯使盡吃奶的力氣拉扯鼻毛，貝蒂感到不舒服，便把頭往後仰。

克勞斯見狀，趕緊爬上牠的鼻尖，接著把你也拉了上去。

「我們已經調整好正確的角度了，只需要再一點刺激。」他把手伸進口袋裡，掏出一小包胡椒粉，笑著說：「你永遠不知道什麼時候會用到它，準備好了嗎？」

你完全不曉得該準備什麼，只能茫然的點點頭。克勞斯撕開胡椒粉，一口氣全倒進噴火龍的鼻孔裡。

「哈——」

「抓住我的手。」

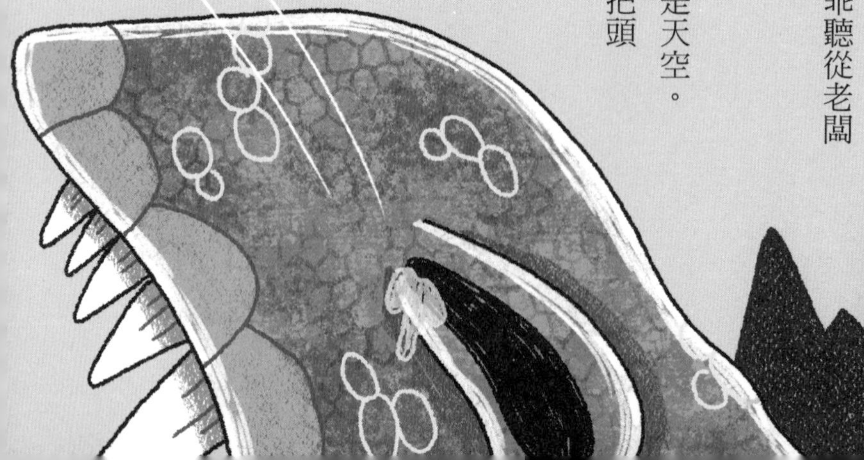

「哈——」

克勞斯用雙臂環抱住你。就在這時，貝蒂狠狠打了一個大噴嚏，發出宛如炸彈引爆的聲響，同時掀起一陣狂風。

克勞斯緊緊抱著你的壓迫感、貝蒂打噴嚏所揚起的熱風，以及瞬間被噴射而出的飛速感，讓你的腦袋一片空白。四周的空氣漸漸由噴火龍呼出的熱氣轉變為夜晚的涼風，你墜落在克勞斯身上，減緩了落地的撞擊力。你們總算回到了地面，附近有個巨大的火山口，從火山口邊緣往下瞧，可以看到你在幾秒鐘前所處的位置，你不敢想像自己剛才居然坐在那隻巨龍的眼皮上。

「我們在哪裡？」克勞斯拍拍身上的塵土問道。

你也想弄清楚這個問題。你左顧右盼，發現你們不在快可洗洗衣店附近，而是暗影體育館外面，也就是

魔法博覽會開幕典禮舉辦的地點。

整座體育館都在震動，女巫和巫師們盡可能的邁開雙腳狂奔，其中幾位忘了魔法尚未恢復而急忙跳上掃帚，結果只能夾著它狼狽的逃命。這條街上已有許多落成數十年的建築物倒塌，你看到一幢大樓不停來回擺盪，兩隻滴水嘴獸死命的攀附在屋簷上。貝蒂噴出的濃厚黑煙從地面的裂縫中竄出，現場彷彿地獄，你從未經歷過如此嚴重的災難。

在一片混亂之中，你發現三個熟悉的身影正走向體育館。丁布比大師用枴杖穩住身子，使盡全力跑向A門，途中不時回頭張望。

奈傑爾．瑞瑪洛走進C門，一邊對著推擠他的群眾高聲抗議，一邊憤怒的揮舞手中的紫色長羽毛。

第三個人影比奈傑爾更矮小，因此輕輕鬆鬆的穿過大家。那是化身為小女孩的伊妮德，她正提著籃子走向B門。你想起邪惡女巫說過的話，心裡不禁懷疑，難道這一切源自於那位想讓寵物和祖母重逢的好心飼主嗎？你知道這個推論很離譜，可是的確有可能發生在暗影區。

「三名嫌疑犯同時現身，而我們只能跟蹤其中一位。情況緊急！已經沒有任何犯錯的空間了。」面對眼前的突發狀況，克勞斯顯得有些急躁。

這個案子從一開始就非比尋常，缺乏具有明顯犯案動機的嫌疑犯。不過你的直覺告訴你，答案就在這三位之中。你祈禱自己的想法是對的，破案就靠你了！現在，你要選擇追查誰呢？是時候做出決定了！

?你想跟著丁布比大師走進A門嗎？
前往第202頁
一團混亂

?或是跟著邪惡女巫伊妮德走進B門？
前往第194頁
顛覆行動

?或是跟著奈傑爾·瑞瑪洛走進C門？
前往第185頁
自命不凡的精靈

天崩地裂的派對

你位在避風鎮展覽中心頂樓的房間裡，四周充斥著玻璃杯盤的碰撞聲、吵雜的交談聲、豪邁的笑聲，以及咬字不清的酒醉吶喊，像是「我們將稱霸全世界！」、「我們應該給這些生物重重一擊！」等。

邪惡聯盟舉辦的邪惡狂歡派對熱烈展開，賓客中有一些你也認識的熟面孔，包括夜間市長弗蘭肯芬和邪惡女巫伊妮德的親信伊凡斯。一名服務生端著托盤送上飲料，弗蘭肯芬和伊凡斯各自拿起一只高腳杯，開始交談。你對他們的談話很好奇，只是想在熱鬧的派對上進行竊聽，根本是不可能的任務。

這時你聽到一陣沖馬桶的聲音，克勞斯推開廁所的門出現了。

「啊！哈囉！」雪怪露出尷尬的笑容說：「抱歉，我因為貪圖涼快而喝了很多冰水，代價是必須一直跑廁所。現在我們可以專心調查邪惡狂歡派對了。」

你越靠近這群生物，心裡就越緊張，腳步也漸漸慢了下來。克勞斯拍拍你的背鼓勵道：「別擔心，這些邪惡的傢伙只會說大話，事實上只是一群軟腳蝦。」

「不好意思，我既不說大話，也不是軟腳蝦。」一個聲音說。一隻戴著領結、打扮體面的老虎擋在你們面前，牠的聲音低沉，臉上戴著單片眼鏡。「請容我提醒兩位，這是私人聚會。」

「多少錢？」克勞斯掏出皮夾想買通牠。

「你居然認為我會收受賄賂！」那隻老虎瞪大雙眼。

克勞斯打開皮夾，拿出幾張紙鈔。

「我從未如此被冒犯。」牠撇過頭，不屑一顧。

克勞斯又拿出一疊紙鈔。

那隻老虎露出狡猾的笑容，壓低聲音說：「你們有五分鐘的時間。」然後大方收下鈔票，離開工作崗位。

你和克勞斯順利擠進會場，周圍傳來陣陣竊竊私語。其中幾個賓客瞄了你們一眼，大多數生物仍把目光放在夜間市長弗蘭肯芬和伊凡斯身上，看起來很不悅。

舉辦派對的房間裡沒有窗戶，而且非常擁擠，加上採用魔法能源的空調失去作用，讓整個環境變得無比悶熱。女巫和巫師們穿著厚重的長袍，渾身散發出濃烈的體臭，那股味道喚起你曾被一位巫師施展惡臭魔咒的記憶。你看得出雪怪老闆待在這裡很痛苦，當你們舉步維艱的穿越群眾時，克勞斯熱得像狗一樣張嘴喘氣，同時

隨手抓起一名巫師的衣袍來抹去眉毛上的汗水。

你們走近夜間市長弗蘭肯芬和伊凡斯時，弗蘭肯芬正指著伊凡斯，語帶威脅的說：「如果你知道她在哪裡，一定要告訴我，而且請你轉告她，最好不要忘了我們談妥的交易……」

「你們到底做了什麼交易？」克勞斯忽然從他們的身邊冒出來，插嘴道：「我想你說的應該是伊妮德吧？」

「不好意思，請用完整的頭銜『邪惡女巫伊妮德』來稱呼她。」伊凡斯瞪了雪怪一眼。

「你不要多管閒事，索斯塔。」弗蘭肯芬警告他。

「我們的夜間市長正在一場派對上小酌，而這場派對是由一個想摧毀世界的邪惡女巫主辦，這對任何一位市民來說應該都不是閒事。」克勞斯拉起另一位巫師的長袍，擦拭滿頭的汗水。「你們究竟達成了什麼交易？弗蘭肯芬。」

「我向你保證，這一切全都光明正大，沒什麼不可告人的內幕。伊妮德本來會和我一起出席開幕典禮，但是她整天都不見人影，我擔心她可能會反悔。」弗蘭肯芬說。

「她為什麼會反悔？」克勞斯問。

「也許是想維持形象，畢竟她是邪惡的象徵。」伊凡斯回答。

「無論如何，我們都已經達成協議，你們最好不要改變心意。」弗蘭肯芬態度強硬的說。

「我當然知道。我是她最忠實的親信，絕對會追隨她到世界末日，只是有一些思想保守的成員……」伊凡斯意識到周遭的生物們都對這場談話很有興趣，趕緊壓低聲音說：「他們寧可退出邪惡聯盟，也不願看到邪惡的領袖和你這樣的人類一起合作。」

弗蘭肯芬憤怒的指著伊凡斯說：「這是她的選擇，沒有人強迫她！況且，你不要以為我沒有收到顛覆行動的線報。」

伊凡斯仰天大笑，舉起玻璃杯一飲而盡。「邪惡聯盟想征服世界早就不是祕密了，等我們取得過半數的同意票，就會用行動讓更多人知道！」

站在角落的幾個女巫歡呼起來，大部分的群眾仍不為所動。

「你很清楚我不是在說這件事。」弗蘭肯芬冷冷的反駁。

他們的對話被突如其來的震動打斷了。服務生的托盤打翻在地，幾只玻璃杯碎成一片。

「你們早該離開了吧？」你感覺到耳朵一陣搔癢。你轉過頭，原來是那隻收賄的老虎回來工作了。牠露出尖銳的利齒，發出可怕的低吼。

「別發這麼大的脾氣嘛！反正這裡對我來說太熱了。」克勞斯轉向弗蘭肯芬和伊凡斯說：「我稍後再找兩位聊聊。」

「好，我期待在暗影體育館的開幕典禮見到你們。我保證，大家一定會對我的創舉報以熱烈掌聲！」

你們一離開派對，克勞斯便說：「弗蘭肯芬向來不會老實交代所有的事情，那隻猴子似乎也藏著許多祕密，目前暫時先不把時間浪費在他們身上。我已經想出能夠找到邪惡女巫伊妮德的方法了，快走吧！」

他快步往前走，你卻被牆上的一張海報吸引。獨角獸月之舞盤腿坐在一朵雲上，一個箭頭指向一道蜿蜒的階梯，下方印著一排文字：冥想大師親授，讓你活出全新的人生！

你躊躇不前，現在該選擇哪一條路，才能更接近竊案的真相呢？

？如果你至今尚未前往獨角獸的冥想工作坊，現在還來得及！

前往第152頁

月之舞的黃昏冥想

？或者你想知道克勞斯要如何找到伊妮德？

前往第166頁

好鼻車華生

自命不凡的精靈

多年來，暗影體育館舉辦了各種精采的活動，包括食人魔摔角和幽靈網球賽，卻從來沒有發生過像今天這樣的重大災難。你們奮力穿越一群戴著尖帽的魔法界成員，果斷衝向C門。所有生物都在尖叫，來自地底的震動幾乎不曾停止，火花從地面的裂縫不斷竄出。

夜間市長弗蘭肯芬的聲音從擴音器裡傳出，在巨大的環狀體育館裡迴盪。你努力推開群眾，此時某位巫師的長袍不小心纏住了你的腳，讓你連滾帶爬的被往後拖。你的內心慌亂不已，深怕被大家踩扁。

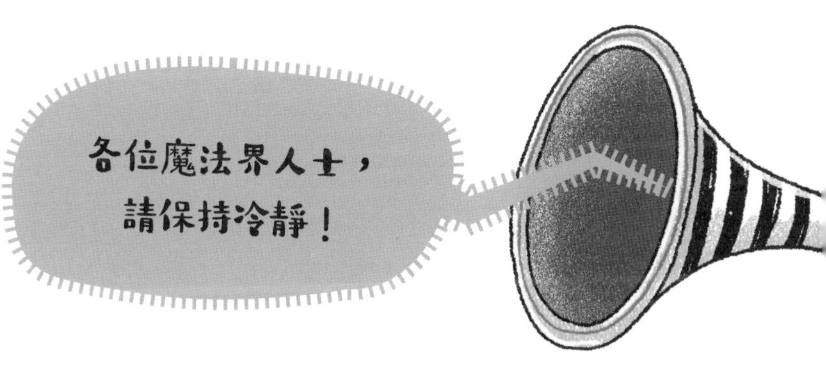

「我抓住你了。」

克勞斯用毛茸茸的大手揪住你的衣領，把你從四處逃竄的生物裡拉出來，等大家逐漸散去，才緩緩將你放下來。你嚇得渾身顫抖，卻仍努力保持專注。你們要找的奈傑爾正在一座玻璃電梯裡。

「我看到他了，我們走樓梯吧！」克勞斯提議。

你竭盡所能的跟在克勞斯身後，一邊閃躲從天花板掉落的磁磚碎片，一邊回想自己的直覺在過往的偵察裡發揮了什麼作用。「瑞瑪洛」這個姓氏在調查過程中不斷出現，你的直覺告訴你，奈傑爾肯定涉嫌其中，而且還有更多真相等著被揭露。

弗蘭肯芬的聲音再次從擴音器裡傳出來。

「請勿驚慌，一切都在掌控之中！」這句話和現實中的情況對比，顯得諷刺又可笑。你在心中嘟囔著，抵達了樓梯頂端，恰好看見一扇門被用力關上。

克勞斯深吸一口氣後，說：「看來無法先溜到裡面蒐集線索了，我們直接進去質問嫌疑犯吧！」他打開門，一間能夠俯視體育館的觀景室映入你們的眼簾，裡頭放著幾個絨布座椅和一張擺滿豐盛佳餚的玻璃桌。瑞瑪洛夫婦正站在觀景室盡頭的陽臺邊，奈傑爾緊抓著他的紫色長羽毛，珊德拉則握著印有條紋圖案的人氣指標棒，空氣中瀰漫著濃濃的火藥味。

「我向來都支持你，現在我只要求你信任我。」珊德拉說。

「支持我？你說我是愚蠢的老精靈。」奈傑爾沒忘記這句嘲諷。

「我不是去參加你的加冕儀式了嗎？其他賓客沒來又不是我的錯！我早就告訴過你，精靈的時代已經過去，君主制也退流行了。」

「人氣指數30，吸血鬼晚宴裡的大蒜麵包。」人氣指標棒忽然插嘴道。

「我實在很想把那根短棒折成兩半！」奈傑爾氣惱的說：「為什麼你要一直把它帶在身邊？」

「我們必須隨時掌握政府的作為是否可以得到民眾支持。」

「我想，你應該是想掌握弗蘭肯芬在這段期間的表現吧？」克勞斯刻意大聲發問，讓夫妻倆察覺你們也在場。

奈傑爾和珊德拉轉頭看著你和克勞斯，你從老闆的眼神中看出，他已經找到破解謎團的關鍵線索。珊德拉自始自終都在你們的嫌疑犯名單，是時候查出她隱藏在背後的祕密了。

「這支人氣指標棒並非用來監測市議會的施政評價，對吧？我猜它主要的功能是告訴你，弗蘭肯芬有多麼不受歡迎。」

「他身為避風鎮的夜間市長，理當為這場失控的災難負起全部的責任！」珊德拉振振有詞。

「他的人氣必須降到多低，你才能達成目的？」克勞斯質問。

「我不知道你說的是什麼意思。」珊德拉搖搖頭。你注意到奈傑爾看向她的目光帶有一絲狐疑。

「你應該清楚，弗蘭肯芬打算把你辛苦籌畫的魔法博覽會開幕典禮變成他個人的發表會，向市民炫耀他製造出來的新怪物。」克勞斯說。

「你的言論說明了自己有多麼無知。你真的認為這一切都只是為了公開惡煞梅塔？」珊德拉毫不留情的調侃道。

「嗯……事情不是這樣嗎？」克勞斯對你使了個眼色，你明白他在誘導嫌疑犯說出真相。

「惡煞梅塔只是個幌子，用來博取大家的眼球。真正的重頭戲是發表『每日怪物公司』的成立，也就是他新創辦的怪物製造企業。」

「他的什麼企業？」

珊德拉指著底下的舞臺，弗蘭肯芬正對著麥克風大放厥詞，惡煞梅塔死氣沉沉的躺在怪物製造機旁的板子上，身後堆疊著數百個白色的紙盒。

「每個盒子裡都有一隻迷你怪物，他們可以幫忙打理所有的家務事。」珊德拉說：「弗蘭肯芬甚至把我丈夫拖下水，要求他負責提供售後服務。」

「弗蘭肯芬提出的酬勞少得可憐，所以我要他另請高明。更何況他的怪物是為了處理家務而誕生，一旦上市，恐怕再也沒有生物需要魔法家用品。不論我是否和他簽約，都會威脅到我的事業。」奈傑爾向你們訴苦。

「弗蘭肯芬對你真的非常苛刻。」珊德拉為丈夫抱不平。

「這就是你偷走魔法的原因嗎？」克勞斯冷不防切回正題。

珊德拉瞪了雪怪一眼，沒有回答。

「啊！我懂了，你偷走魔法不光是為了保護丈夫，還企圖把弗蘭肯芬拉下臺，對不對？」克勞斯追問。

「那個無能又自私的男人，根本不配當夜間市長！」珊德拉憤怒的大罵：「他以為送出免費的怪物就可以拉抬人氣？」

「人氣指數10，卡拉ＯＫ比賽裡的海妖。」人氣指標棒說。

克勞斯繼續分析：「魔法一旦消失，弗蘭肯芬的計畫就會被迫中斷，人氣肯定跌到谷底，如此一來，奈傑爾的生意便不會被迷你怪物搶走，同時像你這種誠懇踏實的官員也能在下次選舉，名正言順的取而代之。」

珊德拉發出尖銳的笑聲，即使這麼做，也無法掩飾她的心虛。「我是否競選下一任夜間市長與竊案無關，我所做的一切都是為了市民的利益。」

地震又發生了，整個觀景室彷彿抖動的布丁般左右搖晃，玻璃杯從桌上掉落，碎得滿地都是，地板、牆壁和天花板紛紛出現一道道裂痕。

「喔！我的女王，真的是你做的嗎？」奈傑爾用一隻手護著她，焦急又心疼的問。

珊德拉沒有否認。你們終於成功揭穿竊賊的真面目，也查明了動機。不論弗蘭肯芬有多麼糟糕，都不應該成為任何人為非作歹的藉口。

仍有一個謎團尚未解開：被偷走的魔法藏在哪裡？

擴音器依舊傳出弗蘭肯芬的宣導，只是他的聲音明顯變得驚慌失措。

人氣指標棒又開口了，「人氣指標8，喪屍……」

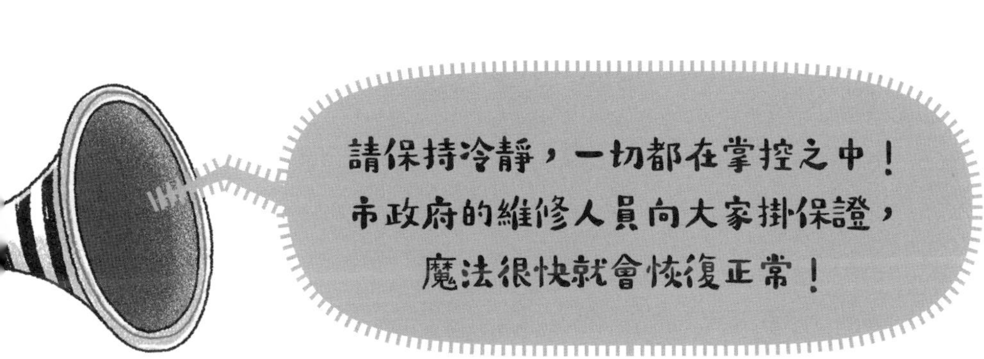
請保持冷靜，一切都在掌控之中！
市政府的維修人員向大家掛保證，
魔法很快就會恢復正常！

「夠了，閉嘴！」珊德拉大吼，並且憤怒的搖晃人氣指標棒。你看到短棒的頂端冒出一絲星火，原來被偷走的魔法就藏在這裡！

沒有時間猶豫了，你必須為大家挺身而出！你撲向前，火速從珊德拉手中搶走人氣指標棒。你一碰到它，便知道裡頭蘊含著不可思議的力量。你閉上雙眼，舉起短棒胡亂揮舞，一股強大的能量「滋」的一聲湧出，刺痛了你的手指。你開口背誦小仙子先前悄悄告訴你的咒語——

煉藥鍋冒泡泡，
熊熊火狂燃燒，
魔法速速復原！

一道閃光乍現，讓你不由得閉上眼睛，等你再度睜眼，你發現自己已經不在體育館裡，眼前出現的是魔法路由器和那兩名負責看守的小仙子。

「這就是魔法傳導棒嗎？」包心菜驚喜的問。

「快！把它放進來。」小苔蘚催促道。

你把人氣指標棒插進魔法路由器的中心。

這個垂吊而下的巨大金屬環彷彿獲得生命般開始轉動，你看到它的中心產生了一個光點，而且逐漸擴大。

魔法從人氣指標棒傳進金屬環的過程中，你感覺到一股能量在自己手中流動。光點變得越來越刺眼，同時向外發散包覆著你，把你吸進旋轉的魔法路由器裡。

？前往第211頁，看看最後會發生什麼事？

這就是魔法？

顛覆行動

暗影體育館自落成以來，從未經歷過如此重大的災難。所有生物紛紛逃離即將崩塌的建築物，地面的巨大裂縫彷彿要吞噬周遭的一切，女巫和巫師們驚慌的四處亂竄。濃煙從裂縫中冒出，燻得你咳嗽不止，涕淚橫流。幾個穿著運動服的幽靈從裂

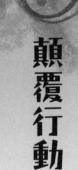

開的牆面飄出來，慌慌張張的經過你身邊，準備離開。

你很想加入逃跑的行列，可是此時你和雪怪還有任務要處理，希望一切不會太遲。

你們和群眾逆向而行，克勞斯在前面領路，你緊跟在他身後。一抵達B門，你立刻用力把門推開，四處尋找伊妮德。

自從你們開始調查這起案子，伊妮德始終是頭號嫌疑犯。不過，這個既有的認知卻在你親眼見到她之後被顛覆了。過去的經驗讓你學會，不能用外在評價來判斷一個人的好壞。伊妮德是眾所皆知的反派

人物，你實際和她接觸後卻不這麼認為。你選擇在緊要關頭跟蹤她，是因為仍懷疑她偷了魔法嗎？或是希望她能為你指點迷津？

「……請勿驚慌，一切都在掌控之中！」弗蘭肯芬仍不放棄政令宣導，即使逃命的群眾聽見了，也不可能靜下心仔細聆聽。

這時，你看到伊妮德消失在標示著「鍋爐室」的一扇門裡。

克勞斯也看見了，他轉頭提醒道：「這肯定是通往真相的門，我們務必全神貫注，隨時保持警戒。」

你們來到門前，克勞斯推開了門。你跟著他往下走，樓梯底部傳出機械運轉的嘎吱聲，震耳欲聾的噪音阻隔了逃難生物們的驚聲尖叫，以及踩踏地板的聲音。這裡唯一的照明是閃爍的長條燈管和鍋爐內的紅色火光。伊凡斯的身旁有一個巨大的金屬輪軸，伊妮德提著籃子，站在他面前。

「終於找到你了，你這個差勁透頂的靈長類動物！」她大吼。

「您是誇獎我，還是責罵我呢？」伊凡斯慢條斯理的說。

伊妮德指著伊凡斯質問道：「我知道你在打什麼壞主意！這裡是魔法界人士倒入沉睡藥水的地方，而這條通風管直通貝蒂的嘴巴，牠呼出來的氣足以融化整個體育館。你想讓貝蒂醒來，對不對？你為了迎接牠，才特意來到此處。」

「那又如何？我寧願騎在狂暴噴火龍的背上，飛向勝利，也不想把龍寶寶當作玩偶一樣放在籃子，帶著牠到處跑。」

愛抱抱先生從毯子下探出頭，吐了一口煙表示抗議。

克勞斯無奈的嘆息道：「嫉妒常常使人發狂。我想你是因為不滿被取代，才會一時昏頭，犯下偷走魔法的滔天大錯。」

伊妮德轉過來看著你們，笑著

說：「噢！你們也來了。很好，你沒有和你的寵物走散。」她指的是你。

「讓我猜猜，真相應該是伊妮德想要在展開顛覆行動時，藉機撤換她忠實的親信，才讓伊凡斯由愛生恨。」克勞斯說出他的推理。

「忠實？哈！」伊妮德大笑，「不是我要換掉牠，是牠想篡位！」

克勞斯拍了一下手，說：「原來如此！所謂的顛覆行動從來都不是指善與惡的終極戰爭，而是伊凡斯推翻伊妮德的計畫。」

「沒錯！她活該被推翻。」伊凡斯怒瞪著小火龍。

「你這隻邪惡的潑猴！」伊妮德低聲咒罵。

「你把邪惡當作是一種侮辱，就是問題所在。」伊凡斯尖酸的回應：「繼續說啊！讓他們知道，你不再是全世界最邪惡的女巫了。」

「這是真的嗎？」克勞斯和你都感到難以置信。

伊妮德聳聳肩，「人是會改變的。」

伊凡斯用受傷的眼神望著伊妮德，「我們剛認識時，我站在善良的一方，是你讓我體會邪惡的美好，改變了我。可是，你現在的態度居然一百八十度大轉變！你曾經打算在世界各地引燃戰火，看著大家自生自滅，最近卻寧願沏一壺好茶，窩在沙發看電視，或是整天跟那隻小火龍玩拋接球遊戲！如果你不想成為地表最邪惡的領導者，就讓我來做！」牠憤怒的用楞杖敲擊地板，激起一些小火花。

「伊妮德，為什麼在洗衣店時，你沒有說出真相？」

「我不想讓聯盟成員在投票前得知這件事，所以打算晚點再宣布。其實，我早就料到是這隻嫉妒心重的猴子偷走了魔法。」

「也就是說，邪惡女巫決定棄暗投明，她的親信則準備接收整個邪惡帝國。」克勞斯做出結論。

「一切都是她的錯，還有牠的錯！」伊凡斯指著那隻小火龍怒吼：「我們原本應該可以順利摧毀世界，這位好好小姐卻說自己已經改邪歸正了。你能想像這會對聯盟成員造成多大的傷害嗎？」

「這個世界本來就走在自我毀滅的路上，不需要我們插手。何不趁天下太平時好好享受呢？」若非親耳聽見，你很難相信這句話出自伊妮德口中。

克勞斯轉向伊凡斯說：「你不滿伊妮德改變心意，因此決定偷走魔法，引發混亂，促使邪惡聯盟投票贊成顛覆行動。」

「這的確是我的傑作。」伊凡斯露出自豪的微笑。

「為了不讓我破壞你的計畫，你故意打開房間的窗戶，引誘可憐的愛抱抱先生溜出去。」伊妮德用鼻子蹭了蹭小火龍。

「當伊妮德四處尋找她的新歡時，失寵的親信正盤算該如何推翻牠的主人。」克勞斯拼湊出整件竊案的全貌。

「是的。貝蒂現在隨時都有可能破土而出，我將騎上牠的背，為世界帶來更多邪惡！」伊凡斯高舉雙手，雙眼閃爍著勝利的光彩。

「至於你那隻可悲的新寵物……」

小火龍低鳴一聲，對伊凡斯噴火，燙得牠亂蹦亂跳，失手將枴杖掉到地上。

你伸手撿起枴杖，立刻感受到一股奇幻的力量，原來消失的魔法就藏在這裡！

儘管你從未使用過魔杖，仍硬著頭皮高聲喊出小仙子告訴你的咒語——

煉藥鍋冒泡泡，
熊熊火狂燃燒，
魔法速速復原！

火花四處飛濺。咻！你瞬間移動到魔法路由器旁，包心菜和小苔蘚分別站在你的兩側。

「你找回魔法了！」小苔蘚鼓掌叫好。

「快把傳導棒插進魔法路由器，讓它開始運作。」包心菜引導你進行下一步。

你嚇得兩腿發軟，彷彿被要求把手指伸進插座。你不確定接下來會發生什麼事，但你知道自己沒時間猶豫了。你咬牙閉上雙眼，將枴杖放到金屬環裡。

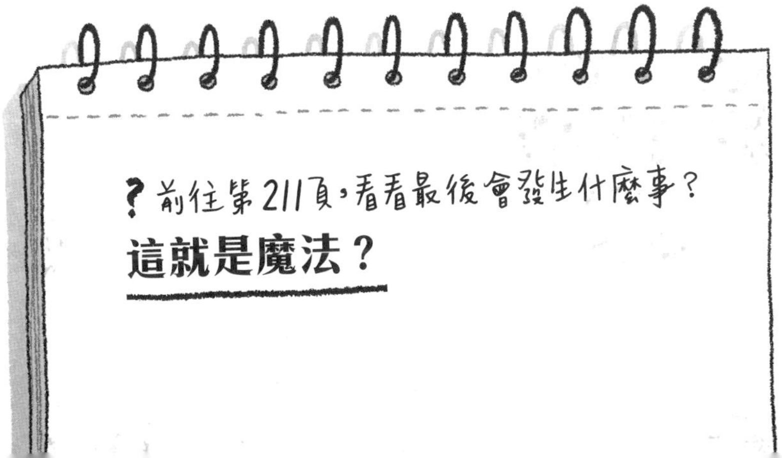
前往第211頁，看看最後會發生什麼事？
這就是魔法？

一團混亂

暗影體育館經歷過各種緊張的時刻，但不論是幽靈盃足球賽的世界冠軍之爭，或是勝負難分的人魚仰泳競賽，都沒有此刻發生的災難來得驚心動魄。丁布比大師匆忙走進A門，你悄悄跟在他身後，與其他魔法界人士逆向而行。所有生物都大量吸入從地面裂縫冒出來的濃煙，卻彷彿不受影響般扯開喉嚨放聲尖叫。

你聽到宛如雷鳴的馬蹄聲逐漸逼近，趕緊跳到一旁，以免被一群快速奔馳的人馬踩扁。當你看見那些擁有特異功能的生物驚慌逃竄的樣子，心裡不禁懷疑奔向這棟建築物究竟是不是個好主意，然而無論如何，你心意已決。

丁布比大師身為魔法界的領袖，肩負看管魔法的責任，他是否該為這起竊案負責？你一邊思考這個問題，一邊跟著克勞斯狂奔。你們努力穿過群眾，順利進入體

主舞臺禁止進入

育館。這時，你聽到擴音器傳出聲音。

「……請保持冷靜……」弗蘭肯芬不厭其煩的持續廣播。

你瞥見丁布比的長袍消失在一扇即將關起的門裡，門上的牌子寫著「主舞臺禁止進入」。

克勞斯無視警告標語，毫不猶豫的拉開門，你馬上跑進去。往常你總是跟隨老闆的腳步，這次將由你引領他接近真相。你沿著一條彎彎曲曲的走廊前進，來到了舞臺後方。你停下來稍作休息時，看到偌大的體育館裡有無數個成排的空座位。夜間市長弗蘭肯芬站在舞臺中央的麥克風前，丁布比大師位在你前方，惡煞梅塔依然面如死灰的躺在怪物製造機旁，她的後方堆著許多白色的小紙盒。

「……請勿驚慌，一切都在掌控之中……」弗蘭肯芬對著麥克風說話，聲音在空曠的體育館裡迴盪。

「掌控？」丁布比大師怒道：「這個城鎮即將被一隻巨大的噴火龍給毀了，你這個無可救藥的『殺雞』……我是說，你這個無可救藥的『傻子』！」

弗蘭肯芬轉過身，冷冷的說：「我敢保證危機很快就會解除，而且我有絕對的信心……」

「閉嘴！」丁布比大吼：「貝蒂正逐漸甦醒，沒有魔法，我們根本無力對抗。你應該要『蘇姍』……不，那個詞要怎麼說？」

「疏散。」克勞斯走上前提醒他。

「就是它！」丁布比說。

「我有信心可以……」弗蘭肯芬還想強辯。

「信心？」克勞斯挑眉質疑，「或者該說是自大？」

丁布比大師用力點頭，「說得好！他深陷在自己的瘋狂計畫，滿腦子只想讓避風鎮塞滿怪物，一點也不在乎這場災難。」老巫師的雙眼炯炯有神。「你們看，我剛才一口氣說完這些話，居然沒有講錯任何一個『痣』……啊！」

「你說什麼？塞滿怪物是什麼意思？」克勞斯問。

同樣感到困惑的你忽然靈光乍現，打開了其中一個白色紙盒，裡面滾出一個布滿縫合痕跡、約玩偶大小的怪物，看起來有點像怪物嬰兒。在暗影區擔任偵探助手之後，你的見識已遠遠超過一般人，然而這個小怪物絕對是你見過最詭異的東西。

你暗自慶幸他不會動。

「把盒子放下！」弗蘭肯芬大叫。

克勞斯抓起那隻小怪物，仔細研究。

「這是什麼東西？」

弗蘭肯芬得意的說：「這是『家務怪寶』。我畢生的夢想實現了，暗影區的每個家庭都將擁有一隻我製造的怪物！他們負責打理一切家務，絕對會為這個城鎮帶來革命性的改變。不久之後，全世界都將跟上這股風潮！」

克勞斯拎起小怪寶的一隻腿晃呀晃。

「他們的尺寸似乎太小了。」

「這是我精心設計過的尺寸。他們現在的大小可以勝任所有家事，卻不會擋路或占空間。他們不需要進食，也沒有感情，唯一要做的只有遵照主人的吩咐，簡直是地表最完美的存在！」

「你這個瘋狂的科學家，永遠都學不到教訓！」克勞斯搖搖頭，「這件事和消

失的魔法有關聯嗎？」

「沒有。弗蘭肯芬只關心魔法何時能恢復，好向大眾發表他的新產品，根本不在乎是誰偷走魔法。」

這些話來自月之舞的口中。牠憑空出現在舞臺中央，從一團迷你煙火和旋轉小彩虹中緩緩現身。

「你來這裡做什麼？」丁布比大師問。

「當然是為了揪出竊賊、恢復魔法，我早該趁災難擴大之前處理這件事了。」月之舞回答。

「誰是賊？」丁布比疑惑的挑眉。

「就是你啊！」月之舞用頭上的角指著他。

「我？我為什麼要偷走『抹布』……『魔法』呢？」丁布比的病情似乎因面臨指控而加重了。

月之舞憐憫的說：「真可憐，你可能不曉得自己究竟做了什麼，不過大家都很清楚，你早已神智不清了。」

「胡說，我的『繩子』還很清楚！」丁布比抗議。

克勞斯拍了一下額頭，大喊：「我想通了！」他對你眨眨眼，你知道老闆已經解開了謎團。「月之舞，當我們在魔法界總部時，你曾說過魔法有可能是不小心被拿走的，對吧？」

「沒錯。」月之舞走過舞臺，挑釁的甩動鬃毛。

克勞斯繼續說：「也就是說，所有生物都認定魔法消失是預謀犯罪，只有你聲稱是突發意外。」

「這不太『克隆』……呃，我是說『可能』。」丁布比沮喪的說：「抱歉，我不知道自己出了什麼問題。」

「我知道。」克勞斯拍拍丁布比的肩膀，「之前在魔法界總部時，月之舞除了用魔法為我們點亮蠟燭，應該同時施展了其他法術。」

「我不知道你在說什麼。」月之舞不安的揮動尾巴。

丁布比頓時恍然大悟，「啊！我在那之後才開始出現搞混詞彙的症狀！你一定對我施展了……那個魔法叫做什麼？」

「混亂魔法。」克勞斯說。

你的腦袋浮現初次進入魔法界總部的畫面。你想起月之舞輕碰了丁布比之後，老巫師的手先開始閃閃發亮，接著蠟燭才飄浮在空中。

「噢！拜託，你的頭腦早就不清楚了。」月之舞略為焦躁的對丁布比說：「你就承認自己不適任吧！這樣對大家都好，也能讓更有能力的生物接棒。」

「你是指像你這樣的生物？」克勞斯問。

「我的粉絲都懇求我挺身而出，為魔法界服務，要是我讓他們失望，那就太失禮了。」月之舞高傲的回答。

「你……你的意思是……」丁布比結結巴巴的說：「這場災難只是為了取代我成為魔法界領袖而策畫的『銀帽』？」

「是『陰謀』。」弗蘭肯芬說：「這個做法實在太極端了，居然為了一己私利破壞整個避風鎮。」

「一己私利？」月之舞皺著眉用力蹬腳，發出不以為然的嘶鳴。「我這麼做不是想和丁布比爭權奪位，而是想澈底廢除魔法界裡的陋習！我要打造一個嶄新的未來，讓大家共享魔法的美好！」

「即便你懷著偉大的雄心壯志，也不能如此為所欲為！」一向好脾氣的克勞斯居然忍不住動怒了。

「哼！我想讓貝蒂揭開火熱的新紀元！我要和牠一起建立由最強魔法所鞏固的世界，而地表最強大的魔法就是——愛！」月之舞抬起頭，用兩隻後腳站在舞臺的正中央。

「你一直都想讓貝蒂醒來？」克勞斯吃驚的問。

「沒錯！你花了那麼多時間來說明自己的推論，到頭來還是一場空，因為一切都來不及了！貝蒂已經從地底甦醒，未來很快就會是我們魔法生物的天下！」月之舞激動的大吼，頭上的角微微發出火花。

你發現被偷走的魔法藏在哪裡了！你趁著月之舞陶醉於美夢之際，迅速伸手抓住牠的角。你一碰到它，便感覺到魔法像電流似的在身體裡穿梭。你大聲的喊出小仙子傳授的咒語——

煉藥鍋冒泡泡，
熊熊火狂燃燒，
魔法速速復原！

獨角獸頭上的角因為魔法的噴發而不停抖動，你卻莫名知道該如何駕馭它。你在心裡默念此次行動的目的，眨眼間，你離開暗影體育館的舞臺，來到了魔法路由器前，包心菜和小苔蘚用驚喜的眼神看著你。

「就是這個，你找到魔法傳導棒了！」小苔蘚歡呼道。

「別浪費時間，快把魔法送回來吧！」包心菜催促著你。

你鼓起勇氣完成接下來的任務。你把獨角獸的角放進魔法路由器的中央，巨大金屬環開始轉動。突然，你感受到一股奇幻的能量逐漸湧出，將你慢慢往後推。

？前往第211頁，看看最後會發生什麼事？

這就是魔法？

這就是魔法？

「你還好嗎？」一個聲音擔心的說。

「應該不太好，包心菜。這名人類剛才以自己的身體連接魔法路由器，承受了一百萬兆瓦茲的魔法，我擔心我們可能會失去這次的破案英雄。」

「沒事的，小苔蘚，我看到他在動了……你看，他張開眼睛了。歡迎回來！」

你努力撐開眼皮，只見兩個小仙子興奮的在房間裡飛上飛下，其餘的一切仍模糊不清。你坐在金屬環中央的一張椅子上，恢復運作的金屬環正繞著你飛速旋轉，速度快得讓殘影看起來像是一顆巨大的金色圓球。這個景象實在令人頭暈目眩，你忍不住閉上雙眼。

包心菜開心的鼓掌，「你拯救了這座城鎮，你和你的雪怪老闆真了不起！」

「沒錯。」小苔蘚一邊飛舞，一邊歡呼道：「幸好你一抓住魔法傳導棒就念出咒語，被偷走的魔法才能順利流回魔法路由器裡。」

「也流過了你的身體。」包心菜略帶歉意的補充。

「關於這件事……」小苔蘚遲疑了一會兒，舉手說道。

「怎麼了？」包心菜問。

「你們願意聽聽我對這個現象的看法嗎？」

「好啊！」包心菜飛過來停在你的左肩，自在的盤腿坐下。

小苔蘚停在你的右肩，說道：「一百萬兆瓦茲的魔法流過一個凡人的軀體，是非常大的負荷。」

「對任何生物來說都超——大。」

「我想，人類接收到如此強大的魔法能量，恐怕多少會留下一些後遺症。」小苔蘚擔憂的說。

「會有什麼後遺症呢？」

「說不定因此擁有魔法，或者身體產生其他意想不到的影響。」小苔蘚嚴肅的推測。

你愣愣的動了動大拇指，指尖居然冒出了火花！這個景象不僅讓小仙子們大吃一驚，也嚇了你一跳。

突然，兩個人影憑空出現，是女巫姐妹布莉姬．米可鳥和火娜拉．米可鳥。

「哈囉！請問你們成功調製出能讓噴火龍沉睡的魔法藥水了嗎？」包心菜焦急的問。

「當然！魔法一恢復，我們就立刻調配好藥水，讓貝蒂暢飲。多虧了我們，牠現在睡得可香甜了呢！」布莉姬得意的回答。

「這一切都歸功於你。」火娜拉凝視著依然處於混亂狀態的你，說：「成為英雄的感覺如何？應該興奮得昏頭了，對吧？」

令你昏頭的不是這個原因，但你無法回答她，因為你尚未從被魔法穿透的震撼中恢復過來。你的腳重得像綁了一隻牛頭怪似的，雙臂卻宛如精靈的翅膀般輕盈。

你拍了一下手，製造出比剛才更大的火花。

「你是怎麼辦到的？」布莉姬瞪大雙眼。

「難道你獲得了魔法？」火娜拉問。

你低頭望著攤開的雙手，忽然感受到一股重量，彷彿正捧著一本書。

以往你經歷到不可思議的事件時，都覺得那些就像是奇幻小說裡的情節，一點也不真實，如今眼前的一切向你證明，它們確實發生在你的生活中。你不僅偵破了竊案，甚至得到了魔法！

「我就知道這個人類很特別。」火娜拉若有所思的說。

「少來，你總愛放馬後炮。」布莉姬翻了個白眼。

只有你明白火娜拉的意思。你能在避風鎮暗影區走跳這麼久，是因為你在這裡感到很自在。眼下你和其他生物一樣擁有特異功能，心中更多了一份歸屬感。

「你會不會好奇這件案子是否有其他可能的發展？」火娜拉說：「你現在有能力回到過去，接下來你想怎麼做？」

❓你想回到案件一開始嗎？

前往第8頁

失去魔法的避風鎮

❓或者你想回到米可島女巫姐妹來偵探社求救的時候？

前往第130頁

潛伏的噴火龍

❓又或者你想要就此結束，承接新的案件？

前往另一個故事：

《雪怪偵探社❹：外西凡尼亞特快車》

嫌疑犯檔案

姓名：伊妮德

種族：女巫，會使用各種魔法，個性神祕又捉摸不定，靠近她們時要特別謹慎。

其他資訊：邪惡聯盟的盟主，可以化身為任何形象，企圖率領素行不良的女巫和巫師們統治世界。平時作惡多端，因此被列為魔法失竊案的頭號嫌疑犯，然而現在的她似乎沒有大家所想得那麼壞。

招牌名言：

- 人是會改變的。
- 這個世界本來就走在自我毀滅的路上，不需要我們插手。何不趁天下太平時好好享受呢？

姓名：查爾斯．伊凡斯

種族：原本是人類，現為靈長類動物。身體素質普通，不會使用魔法，也沒有任何特異功能。擅長手風琴表演。

其他資訊：本來是一名女巫獵人，某次暗殺行動失敗後，被伊妮德變成猴子，從此改正為邪，成為她的親信，忠心侍奉她。最近對於伊妮德有了新歡感到相當不滿，於是在私底下籌備一項邪惡的計畫。

招牌名言：

- 我被變成猴子後，才發現自己想當猴子。
- 雖然我侍奉伊妮德，但我仍屬於自己，不是她的人。

姓名：奈傑爾・瑞瑪洛

種族：精靈，個頭嬌小，擁有一雙尖長的耳朵，整體外形和人類十分相似，是第一個學會使用魔法的族群。

其他資訊：珊德拉的丈夫、艾芬娜的父親、白手創業的企業家，經營「奈傑爾精靈魔法家電行」，對於魔法幾乎無所不知。因為不滿精靈族長期被其他族類輕視，想藉由登基為王來重振聲威和地位。

招牌名言：

- 你面前正是最後一位精靈王「艾爾隆」的直系子孫。
- 世上沒有我不知道的魔法，只有不值得我知道的魔法！

姓名：珊德拉．瑞瑪洛

種族：精靈

其他資訊：奈傑爾的妻子，艾芬娜的母親，避風鎮的副市長。行事幹練、充滿企圖心，認為自己的能力不輸給只會頒布奇怪法令的夜間市長弗蘭肯芬。不贊同丈夫自稱為王的想法。經常拿著印有條紋圖案的人氣指標棒，據她所說是為了掌握民眾對政府的評價，事情卻似乎沒那麼簡單。

招牌名言：

- 我是否競選下一任夜間市長與竊案無關，我所做的一切都是為了市民的利益。
- 精靈的時代已經過去，君主制也退流行了。

姓名：丁布比

種族：巫師，和女巫一樣擁有使用魔法的能力。

其他資訊：德高望重、高齡兩百一十二歲的老巫師。已擔任魔法界領袖七十年，負責看管避風鎮上的魔法，向來與邪惡聯盟處於對立關係。在魔法消失後開始出現搞混詞彙的症狀，為此十分苦惱。

招牌名言：

- 我擔任魔法界的領袖七十年了，每天都有生物要我「吃雞」……是「辭職」才對。
- 我不只會施展讓人變透明的隱身魔法，對任何調查也非常公開透明。

姓名：月之舞

種族：獨角獸，外形像馬，頭上有一支長長的角。和龍、鳳凰一樣屬於魔法生物，即便在睡夢中也能自行製造魔法。

其他資訊：性格溫和的心靈大師。擅長讓人放鬆、探究內心，以及調製清爽的彩虹奶昔。樂於和所有生物分享愛與魔法，內心有著廢除魔法界陋習的雄心壯志。丁布比的病情似乎與牠有關。

招牌名言：

- 我們的存在就是魔法！
- 告訴我，你滿意現在的自己嗎？

文／**加雷思・P・瓊斯（Gareth P. Jones）**

英國童書作家，與妻子和兩名孩子住在倫敦東南區。作品《康斯丁詛咒》（暫譯）曾獲得英國廣播公司（BBC）兒童讀物文學獎——藍彼得獎（Blue Peter Award），著有四十餘本童書，包括《猩蒂瑞拉：自信出擊！女力繪本》和《長耳兔公主：自信出擊！女力繪本》（步步），以及《桑斯威特遺產》、《死亡或是冰淇淋》、「龍偵探」系列、「忍者貓鼬」系列、「蒸氣龐克海盜探險」系列、「寵物守護者」系列（以上皆暫譯）等。加雷思時常造訪世界各地的學校，也經常在節慶中演奏鋼琴、小號、吉他、烏克麗麗和手風琴等樂器，不過演出偶爾會「凸搥」。

圖／**露易絲・佛修（Louise Forshaw）**

英國畫家，與未婚夫和三隻吵鬧的傑克羅素㹴（萊拉、派伯和班迪特）住在新堡，時常被三隻狗「使喚」。露易絲至今繪製了五十餘本童書，包括《太空大探險：把書變成地球儀！》和《世界恐龍地圖：把書變成地球儀！》（風車），以及《好棒的萬聖節》、《好棒的寵物》和《好棒的蛋糕》（上人）等。她熱愛閱讀，也沉迷於所有以吸血鬼為主角的影集。

譯／**林劭貞**

兒童文學工作者。喜歡文字，貪戀圖像，人生目標是玩遍各種形式的圖文創作。翻譯作品有《雪怪偵探社 2：時間小偷》、《小朋友的廚房：一起動手做家庭料理》、《100 招自我保護的安全知識繪本》、《我是堅強的小孩》等；插畫作品有《魔法二分之一》、《魔法湖畔》和《天鵝的翅膀：楊喚的寫作故事》（以上皆由小熊出版）。

下集預告

一封乘車邀請，

讓你踏上拜訪吸血鬼始祖的旅程。

沒想到夜間市長卻在豪華列車中神祕消失，

車上甚至出現不請自來的乘客！

詭譎的案情就此隨著疾駛的特快車急轉直下……